건축의 신 3

반자개 장편 소설

초판 1쇄 찍은 날 | 2016년 8월 12일
초판 1쇄 펴낸 날 | 2016년 8월 19일

지은이 | 반자개
펴낸이 | 예경원

기획 | 위시북스
편집책임 | 박우진
편집 | 이즈플러스

펴낸곳 | 예원북스
등록번호 | 제396-2012-000132호
등록일자 | 2012. 7. 25
KFN | 제1-019호

주소 | 경기도 고양시 일산동구 호수로 646-24 위너스21Ⅱ빌딩 206A호 (우)10401
전화 | 031-819-9431 팩스 | 031-817-9432
E-mail | yewonbooks@naver.com

ISBN 979-11-5845-488-3 04810
      979-11-5845-549-1 (set)

반자개 장편 소설

WISHBOOKS MODERN FANTASY STORY

건축의 신

3

Wish
Books

CONTENTS

18장
현장 수업(1)

교문으로 들어가는데, 한석을 만났다. 같은 수업이었다.

한석이 물었다.

"선배님, 왜 어제 전화가 안 되셨습까?"

"배터리 없는 걸 늦게 알았다. 왜?"

"매너 콜도 안 쓰심까?"

"그래, 안 한다. 귀찮다."

"누가 전화 왔는지 궁금하지 않으세요?"

가끔은 휴대폰 없이 살고 싶을 때가 있었다. 진심으로.

"궁금한 사람은 또 전화하게 되어 있어. 용건이 뭐냐?"

"크크큭, 놀라지 마십쇼."

오른손을 들었다. 정말 한 대 때리고 싶었다. 전생의 날

똑 닮았다. 이놈은.

'다른 사람들도 내가 이렇게 얄미웠을까?'

"용건!"

"우리 에펠탑이 도서관 1층 로비에 전시가 되었습다. 그것
도 한가운데. 짜잔!"

한석은 마술사라도 된 양 의기양양하게 손짓을 했다.

"그래?"

"네! 학장님께서 보고 가셨는데, 학생들이 다 볼 수 있는
곳에 전시하는 게 어떠냐고 하셨담다. 그 옆에 우리가 찍었
던 영상도 나오고 있습다."

학과 입장에서는 그럴 수도 있겠다는 생각이 들었다.

학과를 홍보하기에 그보다 더 좋은 전략이 어디 있으랴.
이제 수능도 얼마 안 남았는데.

견학생들이 다 한 번씩 둘러보는 도서관 로비에 그런 거대
한 작품이 전시되어 있으면, 건축학과에 관심이 안 생길 리
가 없었다.

'자랑할 만하지. 남에게 보이기 부끄러운 작품도 아니고.'

한석에게 물었다.

"그런데 네가 그렇게 기분 좋은 이유는 뭔데? 민수가 다
만들었잖아."

"크하하. 거기 제 얼굴도 나온다는 거. 선배님 안 계실 때
는 제가 감독하면서 찍었잖습까!"

"그래서?"

"영상실에서 편집할 때, 제 얼굴 빡 나오도록 했잖습까? 앗! 때리지 마십쇼. 민수 선배가 중심이니까."

"어설프게 장난쳤으면……."

"절대로 그런 일 없다. 제가 누굼까! 민수 선배의 장인 정신이 딱 보이도록 칼같이 했지 말임다."

"그럼 됐어."

"선배님, 이제 저한테 잘 보이셔야 될 겁니다. 이대로 공중파를 탈지 누가 알겠습까?"

'그래. 상상은 자유지. 연예인도 군대 가면 잊혀지는데, 너 녀석 따위는 아무도 기억하지 않을 테니.'

"잘됐네. 나도 너한테 캐드 땜에 시달릴 생각하니까 귀찮았는데."

"에이. 선배님. 그건 그거. 이건 이거. 아무래도 컴퓨터도 잘하는 미남이 인기 있지 않겠습까? 하하하. 크엑!"

결국 놈의 뒤통수를 때리고야 말았다.

"들어가자. 수업 시작하겠다."

"민수 선배는 어디 가셨습까?"

"데이트 하고 있을걸?"

"네? 민수 선배가요? 여자 친구가 있다고요? 저도 없는데 말임다."

확! 비교할 데를 해라. 민수가 너 같은 줄 아냐?

"너. 그 무모한 자신감은 어디서 나오는 거냐?"

"남자는 얼굴 아니겠슴까?"

자기 턱에 손가락을 'V' 자로 턱 갖다 댄다.

"그 얼굴 못 쓰게 만들어 주랴?"

"일 없지 말임다. 어, 민수 선배 오는데요."

민수가 여자 친구와 우리 쪽으로 오고 있었다.

"헉. 진짜로 여친이 있네. 그것도 완전 귀엽지 말임다. 으어!"

가볍다. 사내새끼가 진중함이라고는 코딱지만큼도 없다. 병아리 솜털만치 가볍다. 그런데도 욕을 못 하겠다. 젠장!

김한석 이 녀석도 재능이 있었다.

에펠탑을 만들면서 민수와 녀석의 케미를 지켜봤었다.

내가 어르면서 겁을 줘놓으면 민수가 살살 달래가면서 시킨다.

'시켜서 하는 것치고는 잘하더라.'

넙죽넙죽 잘 받아먹는 거. 그것도 재능이다.

안 시켜도 잘하는 민수가 천성적인 측면이 강하다면 녀석은 시킨 것을 잘한다.

'재능이라면 재능이지. 시켜도 못 하고, 안 하는 놈이 세상 천지에 널렸는데.'

말없이 믿음직한 녀석과 가볍고도 못 미더운 놈이지만 키워보기로 했다. 따라올 놈은 따라오겠지.

'못 견디고 도망가면 제 팔자지. 손해 볼 거 있나!'

한석에게 말했었다.

"내가 시키는 대로만 해라. 다음 학기는 장학금 받게 해줄 테니."

한석이 놈이 호기롭게 대답했었다.

"네, 선배님. 시켜만 주십쇼."

지금 난 그 약속을 철회할까 고민하고 있다.

한석이 호들갑을 떨며 민수를 맞이했다.

"요즘 민수 선배 이상함다."

"뭐가?"

민수의 가방 속을 보더니 말했다.

"맨날 소설만 보시더니 이제 책들도 건축으로만 골라보고. 성훈 선배님한테 확실히 줄 대려고 하셨나 봄다."

민수가 웃었다. 어이가 없어서 말문이 막혔음이 분명하다.

'대놓고 줄서겠다고 나대던 놈이 할 말은 아니지 않아!' 딱 그 얼굴!

민수 여친이 말했다.

"오빠, 이분이 오빠가 말하던 그 선배야?"

민수가 흠칫하며 고개를 끄덕인다.

"얘기 많이 들었어요. 오빠가 요즘 입만 열면 선배 얘기예요. 호호."

"그래요. 저도 민수 얘기 많이 합니다. 믿음직하잖아요."

"아, 간지러워요. 옆구리 찌르지 마. 하하하하. 오빠······ 제발."

'연애질은 딴 데 가서 하라고.'

그새 한석은 민수 여자 친구와 말을 텄다.

"누님! 주변에 외로우신 여신님들 없으심까?"

"민수 오빠. 얘. 귀엽다. 누구야? 아. 그 헐랭이!"

한석이 눈을 부릅떴다.

"누가 저 같은 상남자한테 헐랭이라 그랬슴까. 예!"

한석이는 민수 여자 친구에게 친구들 전화번호 따기에 바쁘다.

"어쩐 일로 보자 그랬어?"

"저. 형! 이번 주말에 시간 있으세요?"

"응. 될 거 같은데, 왜?"

"아버지께서 형 한 번 놀러오셨으면 해서요."

"응? 아버님께서 갑자기 왜?"

"제 선배라고 하니까 얼굴 한번 봤으면 하시더라고요."

"그래? 어른이 부르시는데, 안 가면 안 되겠지. 갈게."

한 번은 만나야 될 사람이다.

민수의 조부가 대목장 인간문화재 최기형 옹이시다. 일단 민수 아버지와 안면을 트고 나면 조부와 이어지는 건 일도 아닐 터.

민수를 현장에 데리고 다니는 것도 그렇다. 어차피 내 맘대로 굴릴 생각이지만 허락받고 굴리면 맘이 더 편하다.

"불편하시면 안 하셔도 돼요. 제가 말씀드릴게요."

"아냐. 전혀 불편하지 않아. 진짜야."

이렇게 이어서 최기형 옹까지 닿아야 한다.

'네가 말하지 않았으면 사정이라도 했을지 몰라. 고마워. 먼저 말해줘서.'

한 교수는 이제나 저제나 최기형 옹의 존안을 뵈올 날을 고대하고 있을 것이다.

"그럼 누님! 다음 주에 소개팅하는 검다. 약속하셨슴다."

특유의 행동력으로 녀석은 다음 주 소개팅을 따내며 쾌재를 불렀다.

'맘껏 좋아해라. 네 녀석이 소개팅 나갈 일은 없을 테니.'

민수의 집을 방문했다.

민수 어머니는 쉴 새 없이 말을 하는 분이셨다.

"저 애가 5년 동안 구석에 처박아뒀던 공구들을 손질하더

라고. 그래서 뭔가 있구나 했지. 그래서 물어봤지. 뭐 했냐
고. 에펠탑을 만들었다고 하데. 당연히 보러 가야지. 성훈 학
생 이야기를 많이 하더라. 쟤 머리털 나고 다른 사람 이야기
그렇게 많이 하는 거 처음 봤어."

내가 대답을 하지 않으려 했던 것은 아니다. 다만 내 말이
끼어들 틈이 없을 정도로 민수 어머니가 달변가였을 뿐!

"크흠, 엄마."

"왜? 뭐 그런 걸 쑥스러워 하고 그러니. 그리고 너 화면발
잘 받더라. 역시 날 닮아서 그래."

"험험, 여보."

"왜요? 당신 닮았을까 봐서요? 얘가 당신 닮은 건 말없는
거! 그거 하나밖에 없어요. 애늙은이 같아 가지고."

타는 냄새가 났다.

"어머님, 무슨 냄새 안 나세요."

"어머나, 내 정신 좀 봐. 밥 올려놓고서는. 하여간 잘 왔
어. 밥 먹고 갈 거지!"

호들갑을 떨며 주방으로 향했다.

"지난주에 엄마 아빠가 학교에 오셨어요. 도서관에 전시
된 거 보셨거든요."

'넌 어머니께서 한석이랑 같은 과시구나.'

어쩐지 그 천방지축 같은 녀석을 잘 다룬다고 했더니.

민수 아버지가 말했다.

"정신이 없었겠군. 저렇게 수다스러워서야 어디. 커흠, 이 해하게나."

"아뇨. 밝으시고 좋은데요. 확실히 민수는 아버님을 많이 닮은 것 같습니다."

집에 들어와서 30분이 되도록 제대로 말을 꺼낸 사람은 민수 어머니뿐이었다. 말없기는 아버지도 매한가지!

민수 아버지가 흐뭇하게 웃었다.

"그렇지. 날 닮아서 화면발이 잘 받더군."

'그런 의미는 아니었습니다만…….'

안 받아주면 얼마나 민망할까!

"하하하, 맞습……."

"아 참, 저이는 날 닮았다니까. 그러네."

그새 들었는지 주방에서 핀잔이 날아들었다.

"민수야. 이리 와서 이거 좀 들어 봐. 얼른!"

민수가 기다렸다는 듯이 벌떡 일어나 주방으로 사라졌다.

"크흠, 자네는 졸업하면 뭐 할 건가?"

"아직은 딱히 정한 것이 없습니다."

너무 하고 싶은 일이 많아서 정하지 못했다. 하나하나 마무리해 가야 한다.

"자네도 알겠지만 우리 집안이 대대로 대목장을 했었어."

가만히 듣고 있었다.

아는 척을 하면 너무 티가 날 것 같았다.

'저 목적이 있어서 의도적으로 접근했습니다'라고.

"민수가 말 안 하던가?"

"민수 잘 아시잖아요."

"에잉, 사내자식이 수줍음은 많아가지고. 난 지금 가구 만드는 일을 한다네. 아버님은 대목장 일을 해라셨지만, 나는 이게 좋더라고."

"민수도 아버님 재주를 이어받았나 봅니다."

"그래, 그 피야 어디 가나. 그런데 웬일인지 대학을 가면서는 손을 놓더라고."

무슨 사정이 있는 것일까?

"내 고집이었지. 건축과를 간 것도. 나야 좋아서 이 길을 택한 거지만, 민수는 더 큰 물에서 놀기를 바랐거든."

"민수는 싫어했습니까?"

"그건 아니네만, 아무 말을 않기에 맘에 드는 줄 알았지."

"세상 어느 아버님이 그렇지 않겠습니까?"

"그렇게 몇 년을 글만 읽고 다니던 녀석이 연장을 손에 들었어. 그리고 저놈 요즘 들고 다니는 책이 전부 건축 관련 서적들이야. 알고 있나?"

"어렴풋요. 꼭 말을 안 해도 알 수가 있지요."

이건 한석의 도움이 컸다. 그 떠벌이와 있으면 알고 싶지 않아도 알게 된다.

'고맙다. 한석아.'

"관심 가져 줘서 고맙네. 민수가 자네 이야기를 종종 하는데, 어떤 사람인지 보고 싶었네."

저 조용한 녀석이 내 이야기를 했단다. 쑥스러웠다.

민수 아버지가 말을 이었다.

"녀석은 흥미가 생기면 남에게 물어보는 게 아니라 스스로 공부를 한다네."

"좋은 방법 중에 하나지요."

"그래도 선배나 스승이 가르쳐 주는 것만 하겠나!"

"민수가 생각이 깊은 아이니, 잘 알아서 할 겁니다. 걱정 마십시오."

"민수 말을 들으니 자네가 건축에 조예가 깊다고 하더군. 그래서 내 부탁 하나 함세."

참 낯간지러웠다. 아직은 지식이 깊지 않았다. 주워들은 지식 몇 개로 겨우 연명할 뿐이었다.

"그냥 편히 말씀하셔도 됩니다. 저도 민수가 좋습니다."

"고마우이. 민수도 건축에 흥미를 보이고, 나도 아들놈이 잘되었으면 하네. 바른 길을 갈 수 있도록 잘 인도해 주게."

"최선을 다하겠습니다."

다른 무슨 말이 필요할까? 정작 도움이 필요한 것은 나였는데 말이다.

"내 큰 도움은 못 되더라도, 자네가 하는 일은 적극 돕도록 하겠네. 나중에 우리 공방에 들어와도 좋고. 허허.”

최기형 옹과 만날 수만 있어도 큰 도움이 된다.

'목적 달성!'

부자간에 소개하는 거야 일도 아니지! 경조사에 한 번 들르기만 해도 OK!

“실은 저도 아버님께 드리고 싶은 말씀이 있었습니다.”

“뭔가?”

“한 교수님과 공동 설계한 현장이 하나 있습니다.”

“자네가 공동설계를 했다고? 이제 2학년인데?”

“교수님께서 이름만 올려주신 겁니다. 그 현장을 하는데, 민수가 있으면 도움이 될 것 같습니다.”

“그러니까 자네가 설계한 현장에서 실습을 한다? 그 말이지.”

“그런 셈이죠.”

“그런 거라면 얼마든지 좋지. 실전은 빨리 배울수록 좋은 거야. 허허.”

“민수가 좀 힘들어할 수도 있습니다.”

“괜찮아. 괜찮아! 원래 처음 일 배울 때는 힘든 거야.”

설계와 현장은 다르다. 그 방식도 강도도!

감각이 뛰어난 사람도 현장의 열기를 부딪치면 처음에는 적응이 어렵다. 하물며 학생임에야.

'아버님 말씀처럼 처음에는 많이 힘들 텐데.'

그가 말을 이었다.

"민수 녀석이 힘들어하면 내가 발로 뻥 차서 내보낼 테니. 자네 맘대로 굴려도 돼!"

⚜

수업이 끝나고, 교수실에 들렀다.

한 교수는 논문을 정리하는 중이었다. 내가 들어오는 걸 보고 말했다.

"성훈아, 문 소장이 너 찾더라."

현재 기숙사 소장이 공석이 되자 문 과장이 그 자리를 꿰차고 앉았다.

의도적으로 그를 추천한 것도 있었다. 그는 일머리를 잘 아는 사람이었다.

"절 왜요? 감리 일이면 진표 형 있을 텐데."

"그건 아닌 것 같은데, 나도 잘 몰라. 난 분명히 전달했다."

"교수님, 그래도 무슨 일……."

"몰라. 몰라. 논문 때문에 머리가 터질 것 같아. 더 이상 말시키지 마."

선영은 혹시 아나 싶어 바라보니 고개를 절레절레 흔든다.

"요즘 교수님 상태 안 좋아요."

선영이 팔을 'X'자로 교차시킨다.

"선배, 나도 바빠. 절대 안 돼!"

'저 여우같은 것. 휴. 무슨 일복이 터져 가지고.'

그래도 물어볼 건 물어봐야지.

"알았어요. 가볼게요. 민수 데려가도 되죠?"

"민수? 부려 먹으려고? 잘 생각했다."

'어쩜. 딱 저렇게 생각을 하냐!'

"밀어주기 혹은 키워주기. 좋은 말들 많잖아요!"

"훗. 뭐가 됐든 네가 남 좋은 일 시킬 놈은 아니잖아."

'누가 할 말을! 그건 한 교수님 당신도 만만치 않거든.'

"민수한테는 적당히 해라."

"뭘요!"

"너 그때, 일본 애들 말 잘 듣는다고, 기절할 때까지 부려 먹었잖아. 옆에서 보는 내가 다 짠하더라."

'소세키 기절했다고, 박수 친 건 당신이거든!'

"민수야, 타라. 현장에 한번 가보자."

탁ー

조수석으로 민수가 앉았다.

"선배님들! 잠깐만요."

한석이 저 멀리서 뛰어오고 있었다.

"저놈이 무슨 일이지?"

"글쎄요. 오늘은 미팅이 없나 보죠."

헐레벌떡 뛰어와서는 물었다.

"선배님들! 저 놔두고 어딜 가시는 검까?"

"네가 알아서 뭐하게?"

"치사하게 두 분만 가심까? 저도 무조건 따라갈람다."

뒷문을 열고는 잽싸게 자리를 차지했다. 어이가 없어서 룸 미러로 녀석을 쳐다봤다.

내리지 않겠다는 사나이의 굳은 신념이 보였다.

"허허. 그래. 가보자. 너도 데려가면 시킬 일이 있겠지."

뒷자리에 있던 녀석이 어느새 다가왔는지 내 옆으로 목을 쭉 내밀었다.

"엥? 선배님. 일하러 가는 거였슴까?"

"그럼 뭔 줄 알았는데?"

"전 저 따돌리고 맛있는 거 먹으러 가는 줄 알았죠. 내릴 래요. 저 갑자기 급한 약속이 생각났슴다."

딸칵―

차문을 잠가 버렸다. 그리고 액셀을 밟았다. 내릴 테면 내려 보든지.

나지막하게 말했다. 녀석에게 제일 잘 먹히는 목소리였다.

"약속 시간 늦었다. 너 내려줄 시간 없어."

"선배님, 저 급한……."

"안전벨트 매라. 안 그럼 집어 던져 버린다."

"선……."

"씁. 그 입 다물라!"

"넵."

민수가 보던 도면을 한석에게 내밀었다. 얼굴에 옅은 미소를 띤 채.

"잘 봐둬. 우리가 갈 현장이야."

"민수 선배까지. 힝."

그렇게 우리는 현장으로 향했다. 아무리 오른팔을 키우면 뭐해! 왼팔도 키워야지. 비록 거들 뿐일지라도.

현장에 들르자마자 민수와 한석을 진표에게 맡겼다. 공사 진행 상황을 파악하고 있으라는 의미였다.

곧장 현장사무소로 향했다.

"문 소장님, 저 찾으셨다면서요?"

도면을 보며 기사들과 이야기하던 문 과장이었던, 아니, 이제는 소장이 된 그가 반가이 나를 맞이했다.

"성훈 씨 왔당가! 언능 이리 오셔!"

기사들과의 대화는 거의 끝났었던지 급히 안건을 마무리 지었다.

"무슨 말인지 알것제! 그렇게 하면 된당께. 그럼 나가들 일 보셔."

문 소장이 나를 소파로 안내했다.

"실은 말이요. 필립 그 양반이 내 머리를 쪼까 아프게 하요."

"왜요? 이유 없이 그럴 사람은 아닌데."

"그것이 우리 때문인디, 성훈 씨가 좀 도와줬으면 혀서 그라제."

필립이 그럴 이유가 없었다.

"실은 전 소장이 뒷돈을 챙겼잖소."

"그건 다 끝난 일이잖아요."

소장은 비리 건으로 구속되었다. 현재 쪽에서의 괘씸죄가 적용되었던 것 같다.

하지만 공사는 시공사 쪽에서 마무리 지으면 되는 것이다. 필립이 왈가왈부할 일이 아니었다.

"그란데, 필립 그 양반이 비리 내용을 알잖소."

"그거야 필립 씨가 결정적인 증언을 해줬으니, 당연히 어느 정도는 알겠죠."

소장의 이어지는 이야기는 이랬다.

비리 감사를 하는 동안, 소장과 인테리어 업체와의 거래도 드러났다. 당연히 인테리어 업체도 소환을 당했고, 응분의 대가를 치렀다.

시공사 사장은 다시는 그런 일이 없을 테니 여기서 끝내 달라고 손이 발이 되도록 빌었고, 현재 쪽에서도 공사를 차 질 없이 완료하라는 선에서 적당히 마무리를 지었다.

그런데 여기서 필립이 시공사를 믿지 못하겠다면서 브레 이크를 걸었고, 내 이름을 거론했다는 것이다.

'앞으로 이런 불미스런 일이 다시 안 생긴다는 보장이 없 소! 성훈이 설계를 했고, 우리 요구 사항을 다 알고 있소. 또 한 그는 내가 신뢰하는 사람이니, 인테리어 공사를 감독해 줬으면 좋겠다'라면서.

당연히 나는 감리이니, 내 맡은 일을 다할 것이다. 그 일 에는 공사 진행의 관리 감독도 포함이 되어 있다. 여기서 필 립이 좀 과민한 반응을 했다는 것이 문제였다. 자기 딸, 비키 의 건강 문제가 걸린 만큼 그의 사정은 이해할 수 있었다.

'성훈이 인테리어 공사를 총괄하지 않으면 기숙사를 다 지 어도 우리는 입주하지 않겠소!'라고 선언해 버린 것이다.

필립의 이 말이 헛소리였으면 좋겠지만, 그는 독일인들의 가장 연장자로 입주자 대표였고, 그 영향력은 두말할 필요가 없었다.

'아이고, 머리야! 은혜도 모르는 야박한 인간 같으니! 일 위에 일을 또 얹냐!'

나중에 한 번 따지러 가야겠다.

"그래서 어떻게 하기로 하셨는데요? 기획실장은 뭐래요?"

현재중공업에서 기숙사 건에 대해서는 그가 총괄적으로 담당하고 있다. 현장에 얼굴 한 번 안 비치지만.

"우리더러 알아서 하라는디, 우리 사장님이 무조건 시키는 대로 하겠다고 빌고 갔거든."

헛웃음이 나왔다.

이건 뭐. 호구도 아니고. 니들이 부탁하면 나는 예 하고 실행해야 되는 거냐?

"그래서 저더러 인테리어를 총괄해 달라 이 말씀이세요?"

문 소장이 어색하게 웃었다.

"그래주면 좋겠지만서도, 나도 염치는 있어라!"

"그럼요?"

"거시기 쪼까 이름만 빌려 달라 고것이지라."

나를 바지 담당으로 올려놓고, 일을 하겠다는 말이었다.

필립에게 구색은 맞출 수 있을 것이다. 눈 가리고 아웅이겠지만.

손해라고는 볼 줄 모르는 그 꼬장꼬장한 독일인이 나를 엮어서 넘어갈 때는 다른 이유가 있을 수도 있다.

문 소장은 지금 당장의 위기라도 어떻게 넘기려고 하는 모양이지만.

지금 짓는 기숙사의 건축주가 말했었다. 시련은 있어도 실패는 없다고.

머릿속으로 펜대를 굴렸다.

'민수와 한석이를 데리고 왔다. 감리 일만 가지고, 녀석들을 효율적으로 단련시킬 수 있을까?'

만약 골조 공사였다면 아직 자신이 없었을 것이다.

'인테리어 공사라면!'

정식으로 배우지는 못 했지만 가구 설치를 위해서 항상 들렀던 곳이고 주워들은 지식은 몇 개 있었다.

'자신할 정도의 경력은 아니지만, 뭐 어때! 모르면 문 소장한테 물어보고, 내 나이 25에 다 안다는 것이 이상하지.'

그리고 또 하나 든 생각!

'나도 바지 사장 하나 세우지. 뭐.'

물망에 떠오르는 인물은 단연 민수 아버지였다.

나무를 만지며 평생 일을 한 장인이 인테리어를 모른다? 하하하. 가구 또한 종합적인 예술이다. 나무에 대한 지식은 당연하고, 가죽과 도장에 대해서 알아야 하며 석재에 대해서 알아야 한다. 거기다 건물 일체형 가구를 하려고 하면 전기 배선과 입수전, 배수전, 조명, 거울 등등 알아야 할 수 있는 것이 수만 가지다. 그건 내가 해봐서 안다.

'민수 아버님, 할 수 있는 한 도와준다고 하셨지요!'

이건 지금 상황에서는 두 번 다시 만나기 어려운 기회였다.

내 손으로 직접 총괄을 할 수 있는 기회 말이다.

외부 디자인은 이미 내 손을 통해 탄생했다. 그 내부를 다

시 내 손으로 마감한다? 하나의 건물을 내가 통째로 컨트롤
한다는 말이다.

'이런 기회가 또 있을까?'

단시간 내로는 없을 것이다. 절대로! 인테리어를 총괄할
정도의 위치가 되려면 경력이 쌓여야 한다. 경력도 없는 신
병에게 '현장 알아서 지휘해!'라고 하는 미친 지휘관은 없다.
빨라도 3, 4년 후에나 가능할 것이다. 그 이후가 될 수도 있
었다.

'하자! 이건 못 먹어도 고!'

지금이라면 내 뒤를 봐주고, 책임져 줄 사람이 있었다.

'안 된다고 하면 한 교수라도 물고 늘어지지 뭐!'

소장은 이미 나를 바지 담당으로 내세울 생각으로 보였다.
어떻게 구슬려야 소장이 나에게 넘길까?

소장에게 물었다.

"문 소장님, 필립이 어떤 사람인지 아세요?"

"……."

"그 사람, 0.1㎜ 가지고 싸우는 사람이에요. 그런 정밀한
기술자라고요."

문 소장은 꿀 먹은 벙어리다.

"어떻게 현장이 진행되는지 디테일을 모르고 있다가 필립
이 갑자기 물어오면 어떻게 하죠?"

"거시기. 설마 그렇게야 허겄소?"

"그럴 수도 있겠죠. 늦둥이 무남독녀 비키가 없다면요."

"나도 그것이 걸리기는 허요. 그 양반이 딸 얘기만 나오면 눈이 돌아버리니께."

"저까지 필립한테 신뢰를 잃는 상황이 생기면 이 공사 접어야 합니다."

아무도 들어오지 않을 집을 짓는 공사는 아무런 의미가 없다.

과연 현재에서는 그 책임을 누구에게 지울까?

다행히 문 소장은 눈치가 빨랐다.

어쩌면 처음부터 내게 공사를 넘길 생각이었는지도 모른다.

"그라믄 어쩌면 되간디?"

"제가 직접 총괄할게요."

"뭐시라. 성훈 씨가 해본 적이 있다요? 안 해봤으믄 대가리가 뽀사질 텐디."

"그러니까 소장님이 많이 도와주셔야 돼요."

나 같은 신출내기에게, 아니, 아직 학생인 나에게 현장을 넘긴다? 있을 수 없는 일이다.

그러나 입주자 대표가 그렇게 하라는 데는 이견을 달 수 없었을 것이다. 어떻게든 공사는 진행을 해야 할 것이 아닌가?

현장소장은 문 소장이지만 인테리어에 있어서는 내가 총괄 담당하기로 했다. 소장도 그 부분은 인정하기로 했다. 어설프게 필립을 속여 넘기려다가는 완전히 박살 나는 수가 있었기 때문이다.

문 소장이 말했다.

"그럽시다. 나도 성훈 씨헌티 신세진 것이 있고 허니, 예상치 못한 문제가 생기면 내가 백업헐 텡게. 해봅시다."

"그럼 인테리어 자료 몽땅 감리실로 옮겨 주세요. 거기가 작업하기 편할 것 같아요."

자리를 옮겼다.

"내장 관련된 것은 싸그리 챙기랑게."

소장이 직원들을 인솔해서 서류들을 옮겼다. 인테리어에 관한 도면과 자료를 모두 감리실로 가져왔다.

소장에게 물었다.

"에게? 남은 공사비가 이것밖에 안 돼요?"

"왜 날 그런 눈으로 보셔? 난 자재 빼돌리는 그런 짓 안 혀! 전라도 장성 양반집 자숙여. 나가!"

소장은 말도 안 되는 소리 하지 말라는 듯 엄포를 놓았다.

"너무 적어서 그렇죠!"

"자재는 이미 다 구입을 했어라. 그거 다 빼고 나면 남은 것은 인건비밖에 없지라."

"그래도 5,000만 원이면 적어도 너무 적죠."

5,000만 원이면 작은 돈은 아니다.

그러나 단순 계산으로 봐도, 전문인력 인당 10만 원씩만 잡아도, 하루 30명씩 보름이면 4,500만 원이 나간다.

절대로 많은 돈이라고 할 수 없었다. 독일인 30가구로 봤을 때, 한 가구당 150만 원으로 마감을 지어야 한다는 것.

복도와 현관을 포함하면 더 들어갈 것이다. 남아 있는 공정은 도배, 마루, 걸레받이, 천장몰딩, 조명, 문틀, 욕실, 주방 등등등등!

하나하나 꼽으면 열 손가락으로도 모자라는데, 한 가구당 한 공정에 한 사람으로 마감을 지으라는 말이었다.

그나마 그것도 복도와 현관을 제외한 것!

"이게 말이 됩니까? 제가 마술사 줄 아세요?"

어디서 은근 슬쩍 책임을 물리고 있어! 눈치는 빨라도 사람 볼 줄 모르네.

그게 아니면 간 보는 거겠지!

"그것이……."

소장이 말끝을 얼버무렸다. 얘들 때문에 그런 건가? 외부인 들이라서? 하긴 소장 입장에서는 그럴 것이다.

"민수야. 한석이 데리고 샘플실에 가서, 여기 쓰여 있는 것들 싹 다 찾아와!"

민수 성격에 싹 다 찾으려면 시간이 좀 걸릴 것이다. 어차피 덜 가져온 게 있어서 한 번 더 가느니, 한 번에 찾아오는 것이 백배 나았다.

둘이 감리실을 빠져 나갔다.

문 소장에게 으르렁거렸다. 짜증이 팍 솟아오르는 것을 어쩔 수가 없었다. 일을 하려면 사람이 있어야 하고, 사람을 움직이려면 자금이 있어야 한다.

"소장님, 지금 이 비용 가지고 공사 다 하려고 하셨어요?"

"어쩌겠어. 우리도 지금 파산 직전인디. 그나마 이 공사는 마감짓겠다는 책임감 가지고 하능겨."

"어떻게 돌리려고 하셨는데요?"

"우짜긴! 우리 직영 기술자들 데리고 해야제. 꼭 필요한 기술자들만 부르고. 으익! 우리 사장님, 지금 돈 빌리러 다니고 난리도 아니여. 전 소장 놈이 보통 해처먹었어야재. 그 쌍노무 새끼!"

격분한 소장이 말을 이었다.

"나 첨에 공사 배울 때부팀 나 일 갈챠주신 분여. 사정 좀 봐 주쇼! 아주 한 방에 먹고 외국으로 튈 생각이었나 벼. 제대로 해처먹었더만. 나 요즘 법인카드로 술도 못 먹고 댕긴당께. 울 사장님헌티 미안혀서 말여."

내게 인정을 호소하면서 자신의 신세를 읊어대고 있었다.

문 소장의 회사가 많이 힘든 것은 알고 있었다.

'나 못 하네 배째쇼' 안 하는 걸로 봐서는 최소한의 책임감은 있었다.

하지만 남의 똥 치워 주려다가 내 똥구멍 찢어지는 짓은 사양이었다. 일단은 현황 파악이 먼저였다.

어디까지 움직일 수 있을까?

"자재들 다 구입한 거예요? 더 네고할 수 있는 부분은 없어요?"

"아직 들어오지는 않았어. 최대한으로 사정해 가지고 한 것이여. 우리도 최선을 다하고 있당께."

"서류 보니까 기성품인 것 같은데, 주문 취소할 수는 있는 거죠?"

"돌은 어려울 것이여. 이태리 대리석잉게, 몰딩들은 몰라도."

그럼 몰딩에서 융통성을 부려봐야 하는 것인가?

내가 굳이 이 일을 맡으려는 것은 대충 있는 자재로 만들려는 것이 아니었다.

그랬다면 맨 처음 소장 말대로, 바지 담당을 하는 것이 나았다.

'방법을 찾아야 해.'

소장이 말했다.

"자재는 그런다고 혀도, 인부들은 우짤 건디?"

"그 부분은 생각해 둔 게 있어요."

"그람. 알아서 허쇼!"

알아서 허쇼? 이 양반이!

"소장님, 은근슬쩍 손 빼기 하십니까?"

"어허, 손 빼기라니. 쪼까 거시기하구만! 나가 열심히 한당게요!"

그럼 나는 무료 봉사냐?

"내 인건비 누가 줘요?"

"당연히 공사비에 포함……."

그의 말을 끊었다.

"이거 인건비 빼고 나면 남는 거 아무것도 없는데, 아니, 지금도 모자라게 생겼는데, 저보고 뼁땅이라고 치라는 말씀이세요?"

"아따, 뼁땅이라니?"

소장은 소스라치듯 경기를 일으켰다.

비리, 뼁땅 등의 단어는 이 현장에서는 금물이었던 모양이다.

소장이 달래듯 말했다.

"성훈 씨는 거시기, 감리 월급도 받잖소. 얼마 전에 비리 건으로다가 상여금도 두둑이 챙겼다두만."

그건 그거고, 이건 이거지.

일이 다른 일인데, 어디 대충 얼버무릴라고.

"소장님 사정 봐줘서 제가 하겠다는 거잖아요."

"거시기 서로서로 상부상조하는 게 사람 사는 세상 아니겠소? 성훈 씨가 조금만 우덜 사정 좀 봐 주소. 응?"

"전 여기 참여하는 것만으로도 많이 돕는 거예요. 제 말이 틀렸어요?"

"맞는 말이긴 한디, 우덜도 사정이라는 것이 있지 않것소."

"소장님! 가는 게 있으면 오는 것도 있어야 사람 사는 거죠."

소장은 일단 수긍했다.

일방적인 양보의 강요는 협상 결렬밖에는 얻을 게 없다.

"말씀허쇼! 들어는 볼랑게."

"일단 제가 인테리어 지휘는 하지만, 모자라는 인력 다 지원해 주세요. 감당 가능한 대로."

"일단 해보기는 해보는디, 우덜 사정도……."

"그리고 최종적인 책임은 소장님입니다."

"그것이 무슨 말이당가요?"

"어차피 소장님 현장이잖아요."

"좋소. 거그까정은 양보를 할랑게."

양보는 무슨! 어차피 시공사가 도급 주는 형식인데.

말 안 해도 시공사 책임이다.

다만 소장이 제 사정 급하다며 인력 수급을 원활히 하지 않으면 내가 부른 사람들도 놀려야 하고, 거기서 자금의 누수가 생긴다.

거기서 책임을 물으면 내가 곤란해진다.

"좋아요. 인테리어를 최우선으로 인력을 짜세요. 필요할 때 바로 빼갑니다. 아시겠죠? 미리 언질해 놓으세요."

"알았당께. 또 있소?"

"네, 제가 데리고 온 애들 급여도 따로 주세요."

직영인력이야 월급제로 부리는 사람들이니 현장에서 얼마든지 융통성을 발휘할 수 있다.

그러나 급여는 또 돈이 나가는 부분이 아니던가?

소장이 벌떡 일어났다.

"에라이, 이 양반아. 벼룩의 간을 빼 먹어도 유분수지. 한 개도 손해 안 보겠다는 거 아녀. 시방!"

지금 내 공사 진행하기도 간당간당하다고요. 그리고 남의 집 귀한 자식 데려와서 공으로 일시키냐!

"안 된다고요?"

"그려! 시방 콩 한 쪼가리라도 노나 먹어야 할 판국에."

"어쩔 수 없네요."

"……."

소장의 입가에 웃음이 번진다.

최초의 협상 우위를 차지할 것인가?

"필립한테 전화해야겠네. 못 하겠다고!"

"어허. 어허! 한당께. 한당께. 누가 안 한다고 혔소? 그 전화기 내려놓으시랑께!"

목공팀은 민수를 통해서 조달했다.

가능하겠냐는 말에 민수가 말했다.

"네, 가끔씩 고급 빌라 계약이 들어올 때, 내장까지 턴키로 작업하시는 걸 봤어요. 가능하실 거예요."

"아버님께 공사비는 짜다고 미리 말씀드려. 대신 네 월급은 많이 준다."

"하하. 알았어요. 아버지도 언제든지 말하라고 하셨어요."

내장 석재팀은 외부 석재팀장을 불렀다.

그가 말했다.

"어차피 외부 마감 구석구석 손볼 일이 생기면 와야 되니, 그것까지 마감 짓겠소. 크게 손해 볼 것은 없소."

'그럼 남은 것은 몰딩의 품질인데, 이걸 어떻게 해결한다.'

시방서에는 품질에 관련된 말이 없었고, '샘플로 제시된 품질 이상의 것으로 한다'라는 애매한 말만 적혀 있었다.

그 말은 곧, 더 품질이 좋은 것은 얼마든지 해라. 다만 더 저렴하거나 저급한 품질은 안 된다는 것과 같았다.

'샘플로 제시된 것보다 더 값싼 제품을 찾을 수나 있을까?'

나는 내 첫 작품을 그런 싸구려 자재로 마감하고 싶지 않았다.

구할 수 있는 샘플을 모두 구했다.

지금 감리실 벽에는 30㎝가량의 샘플들이 한쪽 벽을 가득

메우고 있었다.

"휴."

그리고 반대편 벽에는 한숨으로 가득한 세 명이 앉아 있다. 한 시간째였다.

나는 질문하고 민수는 대답하고 한석은 입 다물고 있었다.

"민수야. 저건 어떠냐? 물결무늬 있는 저거."

"괜찮네요. 물결무늬의 요철이 잘 살았어요."

"요철은 네 말대로 잘 살아 있는데, 난 목재 자체가 영 맘에 안 든다."

"색깔이라면 저 위에 도장을 좀 뿌리면 되지 않을까요?"

'역시 좀 아는데.'

나무의 수종(樹種)에 따라 목재의 색깔과 강도가 다르다. 더 깊이 들어가면 심재(중심부)와 변재(외곽부)의 비율에 따라 또 나무의 성질이 바뀌고, 결 또한 다르다. 색상은 도장액을 잘 조절하여 뿌리면 입맛에 맞게 바꿀 수 있지만 그 결만은 어떻게 할 수 없다.

"흠…… 결도 별로야. 다른 거 골라 봐!"

이렇게 한 시간을 보냈다.

한 시간 전, 한석이 엉덩이를 들썩거리며 말했었다.

"선배님, 저 나가 있어도 되겠습까?"

"보는 것도 공부야. 너도 의견이 있으면 말해!"

지식이 풍부한 민수에 비해 내놓을 의견이 없었던 한석은 지금 한 시간째 입을 다물고 있는 중이었다.

"어쩌 다 이렇게 촌스럽지?"

"선배님, 한 시간째심다. 눈이 너무 높으신 거 아님까?"

"전 형이 고민하시는 거 첨보는 거 같아요."

'그럴 수밖에. 너희도 20년 후의 몰딩들을 봤어 봐라. 나처럼 한숨 안 나오나?'

내 고민이 그거였다.

지금 나온 디자인들이 모두 촌스러워 보인다는 것.

"형, 지금 구해온 것들이 최신 디자인들이에요."

당연했다. 울산의 모든 공방과 가구 관련 가게를 모두 뒤져서 가져온 것이니.

"그래도 내가 보기엔 촌스러워 보이는데 어떡하냐?"

민수는 의아한 눈으로 나를 보고 있다.

'저게 촌스러우면 어떤 게 안 촌스러운 거냐고!'라는 눈빛이리라.

"형. 저거 우리 공방에서도 최근에 구입한 프랑스 제품이에요."

가구 만들 때도 몰딩이 많이 들어간다. 유행에 민감할 수밖에 없었다.

나의 한숨에 한석이 짜증을 부렸다.

"선배님, 땅 꺼지겠슴다. 그냥 대충 하나 고르시면 되지.

뭐가 그리 고민이심까?"

"자식아! 대충 고를 거면 뭐 하러 이런 고민을 하고 있겠냐? 원래 몰딩 쓰면 되지."

오기 싫은 것을 억지로 끌려왔다는 시위를 하고 싶은지, 한석이 아까부터 심통을 부리고 있었다.

그때 문 소장이 들어왔다.

소장에게 물었다.

"기획실장은 뭐래요?"

"십 원짜리 동전 하나도 못 주겠다는 구만이라. 칼처럼 자르던디."

이미 주문이 완료되어 배 타고 들어오는 대리석이야 교체하는 걸 포기했었다. 그래도 몰딩은 아직 기회가 있었기에 주문을 취소하고 맘에 드는 몰딩을 고르는 중이었다.

맘에 드는 만큼 비쌀 테니 예상 금액을 정하고, 그 추가비용을 기획실장에게 청구했었다.

지금 문 소장이 하는 말이 기획실장의 답이었다. 그럴 거라 예상은 하고 있었다.

"그 말뿐이에요?"

"그건 아닌디? 안 듣는 게 나을 텐디."

대체 뭔 소리를 한 거야?

"말해봐요. 들어봐야 알죠?"

"투시도랑 상여금 많이 뜯어갔응게, 그걸로 충당하라는디?"

'이 망할 놈의 인간이. 그게 언젯적 일인데, 아직도!'

"그래서 어떻게 하라는 말은 없었어요?"

"뭘 어떡하긴 어떡혀. 알아서 하라 그라제. 구워 먹든지, 삶아 먹든지."

"그리고요?"

"어차피 자기는 현장에 관심 없응게, 입주자 대표하고 다이렉트로 상담하라는디? 한 번 더 전화하믄 작살을 내불겄다믄서."

"이 사람이 진짜!"

"그 사람도 그럴 만도 허제! 이것 땜시 자기네 사장헌티 얼마나 깨졌겄어."

나도 말은 이렇게 해도 그를 탓할 수는 없었다. 그는 처음부터 이 현장에 관심이 없었다. 떠맡은 일일 뿐이었다. 그 자리에 있다는 이유만으로.

그의 입장에서는 사사건건 시비를 거는 필립의 얼굴도 보고 싶지 않을 것이고, 이 일 자체가 꼴 보기 싫을 것이다.

'그건 그 자리에 있으면 당연히 해야 하는 거고! 자기 사정이지.'

"지금 남의 사정 봐줄 땝니까? 내 코가 석 자나 나왔구만"

"내가 뭐라고 했당가? 나헌티 성질을 내고 그랴."

"어쨌거나 맘대로 하라는 말이죠?"

말을 끝낸 문 소장의 시선이 감리실 벽을 차지하고 있는 샘플들로 향했다.

"워매! 시방 이것들은 다 뭐다요? 언제 다 모았디야?"

한석이 볼을 씰룩거리며 말했다.

"선배님께서 맘에 드는 몰딩 고르겠다고 모아온 검다."

"아이고, 아까워서 우짠대요. 싸그리 다 물 건너 가버렸응께."

"아! 제 말이요. 그렇게 맘에 드시는 게 없으심, 직접 만드시면 되지. 이게 뭐하는 건지 모르겠슴다."

한 시간 동안 묵언으로 일관하던 한석의 입에서 불평이 터져 나왔다.

'이 자식이!'

내가 눈을 동그랗게 뜨고, 툴툴거리는 한석을 바라보았다.

민수가 말했다.

"한석이, 너! 말이 되는 소리를 해!"

"어! 선배님! 또 때리실라 그러심까?"

손을 X자로 가로 질러 머리를 막으며 넉살을 부렸다.

"에이, 당연히 농담이지 말임다. 아시면서. 헤헤."

얼굴에 미소를 지으며 손을 까딱거렸다.

"이리 와. 자식아."

"에이, 자꾸 때리시면 저 눈 튀어나오지 말임다."

민수도 말했다.

"넌 형한테 말이 너무 심했어. 맞아도 싸!"

"이리 안 와!"

한석이 슬금슬금 눈치를 보면서 다가왔다.

"워매. 내 정신 좀 보소! 성훈 씨. 나는 급한 일이 있응께, 먼저 갈라요!"

애꿎은 불똥이 튀는 것이 싫었던지, 문 소장이 급한 척 부산을 떨며 자리를 떴다. 한석은 오는 도중에 책상에 얹힌 안전모를 슬그머니 집어 들었다. 다가와서 안전모를 슥 쓰더니 머리를 내밀면서 말했다.

"대령했슴다. 선배님!"

'때릴 테면 때려 봐라. 그거냐?'

자식. 귀엽기 그지없다. 녀석의 머리를 통 때리고는 쓰다듬었다.

"잘했다. 한석아."

눈알이 튀어나오게 맞을 줄 알았던 모양이다.

"네, 잘못 들었슴다. 선배님!"

영문을 모르고 눈동자를 희번뜩 뜨고 나를 쳐다본다. 민수도 영문을 모르기는 마찬가지였다.

한석의 엉덩이를 툭 쳤다.

"말 한 번 잘했다고. 몸 쓰는 거 말고는 쓸데가 없을 줄 알았더니."

돌변한 나의 태도에 모두가 놀랐다.

"형. 왜 그러세요? 화나신 거 아니셨어요?"

"그러게 말임다. 너무 고민을 하셔서 돌아버리셨나 봄다. 119에 연락할까요?"

'내친김에 한 대 때리고 시작할까?'

감리실의 샘플들을 전부 밖으로 내놓았다.

"보고 있으니 머리만 아프다. 그치?"

둘 다 고개를 끄덕인다.

그래!

고민 따위는 나와 어울리지 않는다. 어차피 길은 정해져 있었다. 기존의 몰딩은 쓸 수 없다. 아니, 쓰기 싫다.

추가 비용을 받아내서 고급 자재로 변경하는 것은 문 소장 말대로 물 건너갔다. 모든 것이 'Zero'로 돌아가니 흔들렸던 내 초심도 돌아왔다.

애초에 인테리어를 맡은 목적이 '내 맘대로 만들기'였다.

비싼 자재로 건물에 덕지덕지 돈질하는 게 아닌, 내 맘에 드는 건물 만들기였다.

앞을 가로막은 작은 난관에 잠시 혼돈에 빠졌었다. 돈질로 편하게 가려고 했다.

"만들자! 우리 맘대로!"

한석이는 눈만 굴리는 게 무슨 말인지 모르는 듯했다.

민수가 물었다.

"네? 몰딩을요?"

둘을 향해 고개를 끄덕였다.

"형. 무리예요."

그제야 내 말을 이해한 한석이 비명을 질렀다.

"선배님! 무슨 말도 안 되는……."

'너보고 만들라고 한 적 없거든! 이놈아.'

"됐어. 결정했어. 너희는 따라만 와!"

"형. 무모한 도전 같아요. 시간도 촉박하고."

"선배님, 톰크루즈십까?"

"갑자기 웬 톰크루즈냐?"

"미션 임파서블 찍으시냐 그 말임다."

이 건물 주인이 그랬다.

시련은 있어도 실패는 없다고.

왜 자꾸 이 말을 되뇌는 건지. 참!

"왜 불가능인데?"

"우리는 학생임다."

"또?"

"우리가 뭘 할 줄 아냐 말임다."

"그래? 무슨 말인 줄 알았어. 기각!"

해보지도 않고 할 줄 아는지 모르는지 어떻게 알아! 그리고 도저히 내 맘에 안 드는 걸 어쩌라고. 정 안 되면 어쩔 수 없지! 그때는 대가를 치러야지.

'현상설계 3, 4건 정도 하면 복구되려나?'

"한석이! 가서 문 소장 불러와!"

한석은 대구를 하려다가 서슬 퍼런 나의 말에 찍소리 못하고 나갔다.

민수가 물었다.

"형. 어떡하시려고요?"

"패턴은 만들고, 목재는 구하고, 너희 아버지 공장에서 NC가공으로 문양 뜬다. 문제 있냐?"

이론은 언제나 완벽하다.

민수가 물었다.

"돈은요?"

"목재 구입은 몰딩 취소한 걸로 충당하면 된다. 나한테 1,500만 원 있으니, 그걸로 NC 딴다. 빠듯하지만 된다."

"형에게 남는 건요?"

"난 의장권을 가진다. 너랑 나누면 되겠네!"

의장권에 대한 사전적 의미는 길지만 간단히 말해 디자인에 대한 권리라고 보면 된다.

"그래도 제 생각에는 손해가 될 것 같은데요?"

뭐가 되든 상관없었다.

난 이 건물을 내 손으로 만들고 싶었고, 그 구실이 필요했을 뿐이었다.

"손익의 계산은 내가 하는 거다. 다른 사람이 아니라."

건축가에게 자기 손으로 하나의 건물을 완성하는 것보다 중요한 경험은 없다.

설계자는 설계만 하고, 시공자는 시공만 하고, 감리자는 감리만 하는 세상이다.

건축이라는 하나의 학문이 세상의 발전에 따라 수십, 수백 갈래로 찢어져 본래의 모습을 찾아볼 수 없는 세상이다. 20대에 나 같은 경험을 할 수 있는 건축가가 세상에 또 있을까? 한 건축물의 처음과 끝을 관통하는 경험을!

민수에게 말했다.

"젊어서 고생은 사서라도 한다고 하더라. 나는 이 소중한 경험을 대충 현실과 타협하며 끝내고 싶지 않다."

문 소장이 왔다.

"편백나무 더 구할 수 있죠?"

"당연허제. 그란디 편백나무는 뭐땜시?"

"필립이 찬성하면 이 공사는 끝나는 거나 마찬가지죠."

입주자가 맘에 든다고 한마디 하면 시공사나 발주자는 꿀 먹은 벙어리가 될 수밖에 없다.

소장이 고개를 끄덕였다.

"필립이 편백나무라면 좋아 죽죠?"

"당연허재. 인자 매주 한 번씩 장성에 간다고 하더만."

"일단 그걸로 점수 따고 들어가죠."

소장의 얼굴에 웃음꽃이 피었다.

"아따! 딱이구만. 이걸로 필립은 딴지를 안 걸겄제!"

기분 좋아진 소장이 말을 이었다.

"걱정 말랑께, 필요한 수량만 말씀하쇼. 그 성님 목재소에 널린 게 그것잉게."

"그럼 내일 정확한 수량을 말씀드릴게요."

지금 당장 소장이 나의 계획을 모두 알아야 할 이유는 없다. 필요한 것만 묻고 돌려보냈다.

민수에게 물었다.

"너, 패턴 연습해 봤지? 어릴 때부터 매일 조각칼 가지고 놀았다면서?"

민수가 고개를 끄덕였다.

"그럼 시작하자. 난 내가 여행하면서 본 패턴들 그릴 테니까. 너도 기억나는 거 그려 봐!"

"선배님! 저는 그런 거 해본 적 없습다."

한석이 서둘러 설레발을 쳤다.

"넌 패턴집(集)이란 패턴집은 다 구해와. 너 월급 주고 시키는 거다. 제대로 해!"

"네, 사장님! 쳇."

투덜거리며 한석이 자리를 비웠다.

나와 민수의 말없는 경쟁이 시작되었다.

타성에 젖어 있는 내게, 마흔셋의 김성훈이 말했다.

"나는 스물다섯 살의 청년이다."

"사고를 치는 것을 겁내야 할 나이가 아니다."

"나는 대리도, 과장도, 차장도, 부장도 아니다."

"순수한 욕망에 충실하며 하루하루를 불태우는 나는, 젊은이다."

도전이 두려워 뒤로 물러나는 순간, 젊은이는 젊음을 상실한다.

19장
현장 수업(2)

다음 날.

"형. 저는 아무래도 할아버지께 배운 게 다 이런 거밖에 없네요."

민수의 스케치북은 전통 창호의 문살대부터 시작해서 접시에 상감으로 새겨 넣는 문양까지 내가 보지도 못 한 문양들이 즐비하게 있었다.

민수에게 물었다.

"책으로 찾아보지 그랬어?"

"기억은 나는데 어디서 봤는지는 애매하고, 일일이 찾는 것보다 그리는 게 더 빠르거든요."

'그런데 아버지가 아니고, 할아버지?'

의아함이 생겼지만 일단 중요한 것은 그것이 아니었다.

내 스케치북의 패턴들도 보여줬다.

"나도 그리는 게 더 빠르더라. 외국 여행하면서 본 것들 생각나는 대로 그려 봤는데 한국적인 맛이 전혀 없네."

내가 그린 것은 주로 서양 건축양식에서 본 것들이었다. 아르누보양식 철제 현관문에서 본 패턴에서부터 이태리 이름 모를 작은 성당에서 본 난간의 패턴까지, 내 기억에 남아 있는 모든 것을 뽑아냈다.

민수가 알고 있는 것과 내가 그린 패턴은 그 베이스가 완전히 달랐다. 서로 다른 만큼 확실한 차별성이 있었다.

"민수도 그림 잘 그리네. 예상은 했지만."

"형은 더 잘 그리시네요. 전 할아버지한테 맞으면서 배웠어요. 알아도 표현 못 하면 말짱 꽝이라고."

세상 어디나 예술이 걸어가는 길은 비슷한 것 같다. 문학은 감정의 묘사를, 미술은 이미지의 표현을. 만류귀종이라는 말이 적절하리라. 느껴도 묘사하지 못하고 머리에 떠올라도 표현하지 못하면 연기처럼 사라질 뿐이다.

레오나르도 다빈치가 그림을 못 그렸다면 그의 천재적 재능은 보여질 기회도 없었을 것이다.

"그나저나 이걸로 어떻게 만들죠?"

뭔가 쏟아내기는 했는데, 구슬도 꿰어야 보물이 된다.

"고민을 해봐야지."

둘이서 고민을 해봐도, 제자리 맴돌기밖에 되지 않았다.

이럴 때는 내용을 알지 못하는 제삼자에게 물어보는 것이 때로는 도움이 된다.

"물어보자. 아무것도 모르는 놈한테."

한석이가 전문가처럼 팔짱을 턱 끼고는 패턴들을 돌아본다.

"흠. 다 좋은데 말임다."

"다 좋은 거 알아."

좋지 않을 리가 없다. 나와 민수의 작품인데.

다만 이 모든 것을 다 만들 수 없기에 비전문가의 눈을 빌리려는 것이었다. 몰딩을 사용하는 사람들은 비전문가들이 대부분이다. 그것도 압도적인 비율로 말이다.

한석은 일반인의 범주에서 고민하고 있었다.

짬뽕과 짜장 둘 사이에서 고민하는 것과 같다.

"선배님, 흠…… 못 고르겠슴다. 이놈을 고르자니 이것이 울고. 전 이 두 개가 젤로 좋은데 말임다."

한석은 내가 그린 아르누보 펜스를 단순화한 문양과 민수가 그린 전통 구름 문양을 손가락으로 짚었다.

"그래, 수고했어!"

민수가 물었다.

"형. 하나만 고르라는 것 아니었어요?"

"둘 다 맘에 든다잖냐! 둘 다 해야지."

"두 개나 할 여유가 있을까요?"

당연한 걱정이었다.

내가 말했다.

"그 두 개를 하나로 합쳐야지. 그대로 써먹을 수는 없잖냐!"

모방을 하면 누가 딴죽을 걸어도 건다.

내 첫 번째 건축물이 표절과 모방의 기사로 얼룩지는 것은 사양이다.

'첫 번째 건축물이니, 디자인도 새로운 것을 써 줘야지!'

내 눈이 의지에 불타올랐다.

그 의지는 민수에게 도전으로 이어졌다.

우리 둘의 열기에 한석이 뒤통수를 긁적이며 반응했다.

"선배님! 저 좀 나갔다 와도 되겠슴까?"

아마 디자인이 완성될 때까지 돌아오지 않을 것이다.

디자인이 만족스럽게 끝났고, 민수가 직접 편백나무에 도장을 하고 문양을 파냈다. 역시 수준급 실력이었다. 한 번 손이 지나갔을 뿐인데, 일정한 깊이의 고랑이 패였다.

샘플을 본 한석의 평은 이랬다.

"선배님, 묘함다. 처음 볼 때는 그저 그랬는데 두 번째는 눈에 띄고, 세 번째 볼 때는 눈을 떼기가 어렵슴다."

내가 말했다.

"그럴 거야. 몰딩을 만들면서 장난을 좀 쳤거든."

"그게 뭔데 그러십까?"

민수가 빙긋 웃으면서 말했다.

"그런 게 있어. 알면 재미없어. 그냥 봐."

"민수야. 이 패턴이 10㎝ 단위로 반복되게 만들어."

"선배님. 그건 왜 그런 겁까? 너무 짧지 않습까?"

한석의 질문에 민수가 설명했다.

"아냐. 이것도 긴 거야. 더 짧은 경우도 많아."

"그렇습까? 왜 그렇게 짧게 함까? 이것처럼 예쁘면 길게 하는 게 좋을 텐데. 작으면 잘 안 보이잖습까?"

"몰딩을 통짜로 사용할 때도 있지만, 잘라서 이을 경우도 많아."

"그게 뭔 상관임까?"

"패턴이 길어지면 재사용 불가능한 자투리가 많아지거든. 패턴이 짧으면 로스(loss, 손실) 없이도 자연스럽게 이을 수 있지."

보통 몰딩들의 패턴은 아주 그 범위가 짧다. 최대한 가용성을 높이기 위한 것이다. 어디를 잘라도 이어지기 편하게 말이다. 그것은 곧 로스에 민감한, 현장에 어필하기 좋다는 말이었다.

그러나 나는 그럴 이유가 없었다.

'일단 이 현장이 우선이지. 로스보다는 내가 생각하는 디

자인이 우선이고.'

난 무엇보다 이 몰딩을 수천, 수만 개 만들 생각이 없었다. 필요한 만큼만 만들면 된다.

소장을 불렀다.

소장의 몰딩 감상평도 한석과 별반 다르지 않았다.

그리고 편백나무를 현장 물량만큼 맞춰달라는 말에는 이렇게 답했다.

"뭐시라. 그 금액으로다가 편백나무를 구하라고라? 무신 말도 안 되는! 그 싸구려 몰딩 해봤자 얼매나 헌다고."

"그 싸구려 몰딩 때문에 벌어진 일이라고요. 소장님!"

소장의 얼굴이 붉어졌다.

그 싸구려 자재로 작업 진행하려 했던 장본인이기에.

"그려도 이건 쪼까 무리가 있지라."

"대신 의장권의 10% 드릴게요. 그것만 해도 약간은 보충이 되겠죠."

"택도 없제! 고것이 팔리든 얼매나 팔릴 거라고."

"소장님, 다음 현장에서 그 디자인으로 쓰세요. 술값은 나오지 않겠어요?"

소장이 혹했다.

들어보니 말이 되거든.

팔면 팔수록 돈이 되는 것이 디자인이다. 남이 팔아도, 내 주머니에 돈이 쌓인다.

문 소장은 다음 현장에도 소장으로 부임될 것이다. 그는 시공사 쪽에서 볼 때, 망가질 뻔한 현장을 되살린 일등 공신이었다. 다음 현장의 디자인 결정권은 문 소장에게 있었다. 나 같은 놈만 안 만난다면!

"어매! 와 그런 눈으로들 쳐다본다요? 거시기, 나가 고딴 술값땜시 그러는 것은 아니랑께."

"그럼 목재 건은 소장님이 처리하시는 겁니다."

"걱정 말드라고. 그 성님은 나 말이라믄 꿈뻑 죽제!"

가슴을 텅텅 치며 자리를 뜨는 소장에게 말했다.

"남는 경비는 소장님 술값 하세요!"

소장의 구시렁거리는 소리가 들렸다.

"남기는! 나가 그 성님헌티 술 사고 빌어야 쓰겠구만."

다음 날 아침, 감리실에 다시 모였다.

민수가 말했다.

"형, 아버지가 그러시는데 1,500만 원 가지고는 좀 모자란다는데요."

"그래?"

무엇을 하든지 창작 의욕을 가로 막는 것은 돈이었다.

민수가 머뭇거리며 말했다.

"그래서 아버지께 의장권 이야기를 해봤어요. 미리 말씀 못 드려서 죄송해요. 형."

민수도 몰딩 의장권에 대한 권리자였다. 미안할 이유가 없었다. 오히려 막힌 상황을 스스로 타개해 나가려 했다는 데는 박수를 쳐줘야 할 것이다.

"괜찮아. 너도 권리가 있잖아. 뭐라고 하시던데."

"그게……."

"괜찮아. 문 소장에게 주기로 한 10% 말고, 내 지분은 다 줘도 괜찮아. 어차피 지분에 얽매일 생각은 없었어!"

"설령 형이 그렇다고 해도, 아버지는 그렇게 생각지 않으셨어요."

아들만큼 아버지를 아는 남자가 또 있을까? 어젯밤에 있었던 일을 민수가 말했다.

아버지가 몰딩을 이리저리 돌려 보며 말했다.

"하아, 이걸 너하고 성훈이가 만들었다고? 기도 안 차네."

그는 젊은 청년들의 과감성과 결단이 만들어낸 작품을 경탄하며 보고 있었다.

민수는 고개를 끄덕였다.

"그래서 이 의장의 권리를 내게 팔겠다. 그 말이지. 그것으로 공방의 손실분을 매우라고?"

"네, 가능할까요?"

민수는 그 몰딩을 만든 과정에 대해서 말했다. 민수의 말을 다 들은 아버지가 고개를 끄덕거렸다.

"원칙대로라면 해줄 수 없는 일이지만 내가 보기에 이 디자인은 팔린다."

가구 장인이 인정하는 수준의 디자인이었다.

그가 말을 이었다.

"하지만 나도 손해를 볼 수는 없으니, 20%의 지분만 받겠다고 전해라. 너의 지분이 그 정도는 될 테니, 네 지분을 받는 것으로 충분하다."

"네, 알았어요."

"그리고 너도, 지분에 대해서는 욕심을 내지 마라. 너도 역할을 한 것은 분명하나 성훈이가 없었으면 나올 디자인이 아니다."

욕심내지 말라는 충고의 말로 아버지의 말은 끝났다.

*

'정말 그 정도의 가치가 있다고 보는 것일까? 아니면 민수 체면을 봐서 해주시는 건가?'

어떤 이유인지 명확하게 확인할 도리는 없지만 하나는 확실했다.

"정말 네 아버지는 좋으신 분이구나."

민수가 고개를 흔들었다.

"아니에요. 욕심이 없으시긴 하지만 손해 볼 짓을 절대로 안 하세요."

"하긴 사업하시는 분이 손해를 보면 공방을 접어도 몇 번을 접으셨겠지."

"네, 아버지는 우리 디자인을 인정하신 거예요."

민수가 내 생각을 읽은 듯 디자인의 가치에 대한 의혹을 정리해 줬다.

"뿌듯한데. 이거!"

기분이 좋았다.

"내친김에 지분 정리해 버리자. 현장이랑 공방이랑 반반으로 하자. 문 소장 1, 나 4, 공방 2, 민수 너 3."

"선배님! 존경하는 선배님! 저는 없슴까?"

헉. 언제부터 있었던 거지?

"헉. 너무 조용하니까 없는 줄 알았잖아. 자식아!"

"돈 얘기 하시는데, 제가 낄 자리는 아니잖슴까. 저도 그 정도는 암다."

"눈치 많이 늘었네. 기분이다. 내 거에서 1 준다. 됐어?"

한석의 입이 찢어질 듯 커졌다.

"정말이심까? 물리시기 없김다!"

한석이 감리실에서 방방 뛰며 오두방정을 떨었다.

민수가 소리쳤다.

"형. 잠깐만요!"

한석의 기쁨도 멈췄다.

"민수 선배! 성훈 선배님께서 하사하신 거란 말임다. 물릴 수 없습다!"

보이지도 않는 지분을 빼앗기기라도 할 양!

민수를 향해 눈을 부릅떴다.

"그런 말이 아냐. 형 거는 원래로 돌리고, 내 거로 1 가져가라. 내가 보기엔 그게 맞다."

"왜 말임까?"

"나랑 형이랑 똑같이 가져간 거 알면, 나 아버지한테 쫓겨난다."

민수는 지극히 개인적인 이유를 댔다.

"그래도 되겠냐?"

내 말에 민수가 고개를 끄덕였다.

"네, 그게 맞아요. 나중을 봐서도요. 이거 한 건으로 끝내실 거 아니잖아요? 담에도 저랑 같이해 주세요."

"다음을 기약할 수는 없는데?"

"상관없어요."

"그래, 좋다. 하게 된다면 다음에도 같이하자. 계속."

우리의 대화와 상관없이 여전히 한석은 감리실을 운동장

삼아 뛰고 있다.

마지막에는 플래툰 자세로 천장을 보며 양팔을 벌렸다.

"이~ 일! 컥."

"시끄러! 꼭 매를 벌어."

"맞아도 기쁨다. 일! 꿈이냐 생시냐? 헉. 선배님! 안전모 내려놓으시지 말임다. 조용히 하겠슴다."

하긴 한석이 녀석도 지분이 있었다.

내 초심을 돌린 공(功).

우리 맘대로의 지분율이 정해졌다.

나 4, 민수 2, 한석 1, 공방 2, 문 소장 1, 총합 10!

필립이 감리실로 들어왔다.

물건을 만들었느니 컨펌(승인)을 받아야 한다.

원래는 현재에 제출하는 것이 마땅하나, 기획실장이 진절머리를 내니 입주자 대표를 불렀다.

"오! 이게 무슨 향기야! 편백나무 향이 아닌가!"

현장의 먼지에 찌푸려져 있던 필립의 얼굴이 환하게 펴졌다.

감리실을 들어선 이후, 필립의 상태는 '넬라 판타지아'였다.

'뭐, 일부러 연출한 것도 있지만 협상이고 뭐고. 다 필요

없겠네.'

협상의 시작은 분위기의 연출부터 시작되는 것이다. 논리적 설득은 그다음의 문제였다. 이것을 위해서 몰딩을 편백나무로 한 것이 아니던가! 더 이상 입주자들의 불만을 듣지 않기 위해서.

필립은 입주자들의 시작과 끝을 쥐고 있는 대표였다. 일단 일을 마무리를 지어야 했다. 필립의 승인이 떨어지면 바로 편백나무가 공방으로 들어가도록 준비된 상태였다.

"필립, 오랜만이에요."

"오, 성훈. 오랜만이야. 신수가 훤해 보이는걸!"

"앉으세요. 천장몰딩을 비롯한 몰딩은 이 디자인으로 가려고 해요. 승인해 달라고 불렀어요."

필립은 탁자 위에 놓은 몰딩을 이리저리 만지며 말했다.

"내가 뭐 디자인을 알겠냐만, 이 디자인은 놀라울 정도로 맘에 쏙 드는구만. 역시 자넬 추천한 보람이 있어."

뜨거운 뭔가가 가슴에서 훅 하고 올라왔다.

'추천? 입주 안 하겠다고 땡깡 부린 게 추천이냐! 창창한 25살에 다크서클이 웬 말이냐!'

가슴을 진정시키고 필립에게 물었다.

"추천이라…… 감사합니다. 그런데 왜 절 추천하신 거예요?"

"왜긴 왜야? 실적이잖아. 실적이 있으면 승진하기 쉽지. 안 그래?"

"……."

혹시 필립은 내가 학생인 것을 모르는 것인가? 그럼 제대로 이해시키지 못한 내 잘못이네.

"성훈. 승진하면 나한테 한턱 쏘는 거야! 알았지?"

머리 허연 독일인, 필립이 윙크를 하며 웃었다. 필립의 오해로 인해서 나는 이 공사를 총괄할 기회를 얻었다. 오히려 감사할 일이었다.

내가 미소 지으며 말했다.

"휴, 필립. 전 아직 학생이고, 지금도 임시직이에요. 승진하고는 저언혀 상관이 없는."

"그래? 이런! 허허허. 오해였구만. 하지만 그게 무슨 상관인가? 능력 있으면 하는 거야!"

필립은 눈앞의 몰딩을 들어 올리며 말을 이었다.

"지금도 봐! 이렇게 쏙 맘에 드는 걸 만들어 냈잖아. 승진 못 하는 건 아쉽지만, 이번 건은 자네의 실적이 될 거야."

그렇다. 필립의 말이 맞는 말이었다. 실적이 반드시 돈과 명예로 직결되어야 하는 것은 아니다. 그럼에도 실적은 남는다. 그것은 두고두고 사람들의 입에 회자된다.

내 이름은 이 건물의 입구에 남을 것이다.

설계자로, 내장 총괄 담당으로, 감리로.

필립의 말이 이어졌다.

"자리? 그런 건 상관없어. 능력 있는 사람은 어느 자리에 있어도 눈에 보이게 되어 있어. 그게 내가 자넬 추천한 이유야. 지금도 그걸 후회하지 않아."

"아뇨. 전 오히려 필립에게 고마워요. 이런 기회를 줘서."

"그럼 된 거야. 마지막까지 잘 부탁해."

"몰딩은 이것으로 가면 되는 거죠?"

그는 승낙을 했고, 다른 몰딩들도 모두 편백나무로 갈 거라는 말에는 박수를 치며 좋아했다.

더 이상 입주자들과의 트러블은 없을 것이다. 필립이 모두 알아서 통제할 테니까.

"그럼. 나는 대찬성이야. 온 건물에 편백나무향이 가득할 것 아닌가?"

그의 웃음 한편에는 분명히 비키가 건물을 뛰어다니며 노는 모습이 그려져 있을 것이다.

필립이 가져온 꾸러미를 내게 건넸다.

"뭔가요?"

"자네 만나러 간다니까 비키가 주라고 하더군."

비닐 포장지에 싸인 그것은 커다란 테디 베어 인형이었다.

"엄마랑 백화점에 갔다가, 자네 생각이 난다고 사달라고 했다는구만."

'내 딸, 예진이도 예전에 이런 곰 인형을 안고 놀았는데.'

오늘 밤 외롭지는 않겠네. 하는 생각이 들었다.

"비키는 잘 있죠?"

"그럼! 이제 밖에 나가서 뛰어놀아. 친구들도 많이 데리고 오고 말야."

"비키에게 고맙다고 전해 주세요. 성훈 삼촌이 나중에 맛있는 거 사서 간다고요."

"알겠네."

문 소장을 긴장시켰던 입주자 대표가 돌아갔다.

몰딩의 문제는 모두 해결되었다.

'이제 공사만 제대로 마무리 지으면 되겠구나!'

현재그룹 왕 회장의 생일날이다.

현재 중공업을 맡고 있는 둘째 아들이 생일잔치를 주관하였고, 그의 전하동 집에서 잔치를 준비하기로 하였다. 현재의 삼남(三男), 현재 건설 사장도 그 자리에 참석하기 위해 경부고속도로를 지나가고 있었다.

비서가 말했다.

"사장님, 사우디 현장의 황 이사 전화입니다."

"황 이사, 고생이 많군. 사우디 호텔 천장 몰딩 건은 어떻게 하기로 했나?"

─감사합니다. 사장님! 최대한 틈새 없이 시공을 하고, 실리

콘으로 마감하는 것이 가장 효율적이라 결론을 내렸습니다.

"그래, 알았어. 그것밖에 답이 없다면야. 그 방법으로 가
야지. 더 좋은 게 있는지 더 찾아보고."

―네, 사장님! 일정에 차질 없이 마무리하겠습니다. 왕 회
장님 생신을 축하드립니다. 찾아 뵙지 못해서 죄송합니다.

"아냐. 아냐. 더운 데서 고생하는데, 이해하실 거야. 그럼
수고하게."

사장이 혼잣말로 중얼거렸다.

"계속 몰딩이 문제야. 실리콘 말고 다른 방법은 없나?"

"죄송합니다."

"아닐세. 자네한테 물은 거 아냐! 참. 쿠웨이트 압둘 왕자
는 아직 맘에 드는 몰딩이 없다고 하던가?"

"네, 아직은 찾아내지 못한 것 같습니다."

"골조 다 올라가면 이미 늦어. 그의 취향에 맞는 몰딩을
얼른 찾아내라고 해!"

"네, 알겠습니다."

어느새 차는 전하동으로 들어가는 길목, 남목동을 지나치
고 있었다.

"저 건물이 형님이 짓고 있는 기숙사 건물인가?"

사장의 눈이 3층짜리 기숙사를 훑어보고 있었다.

외장이 끝나고, 내부 공사가 진행되고 있었다.

"네, 그렇습니다."

"잘되고 있다고 하던가? 문제는 없고?"

"네, 들리는 소문에 의하면 도급을 준 시공사 소장 문제로 트러블이 있었지만 공사는 순항 중이라 합니다."

"혹시 형님이 건설 쪽에 발들이시려는 건 아니지?"

"후계 구도에 위협이 되는 모험은 하시지 않을 것 같습니다. 그쪽 기획실 장 실장 말을 들어봐도, 그렇지는 않을 것 같고 말입니다. 오히려 공사라면 진절머리를 치는 듯했습니다."

"그럼 다행이고."

눈치 빠른 비서가 사장에게 물었다.

"그래도 신경이 쓰이시면 돌아가시는 길에 한번 들러 보시겠습니까? 장 실장에게 미리 언질해 두겠습니다."

"내가 들른 걸 알면 형님이 싫어할 텐데."

"문제가 생기지 않도록 하겠습니다. 맡겨 두십시오."

"그럼. 가는 길에 들러 보도록 하지."

석재 팀이 현관에 돌을 붙이고 있었다. 팀장을 만났다.

"팀장님! 저, 돌 마감하고 나서 실리콘 안 쏠 겁니다."

"그럼 어떻게 마감하시려고?"

놀란 팀장이 눈을 동그랗게 뜨고 물었다. 한석도 실리콘에 대해서는 아는지 팀장을 거들었다.

"선배님, 실리콘 안 쏘고는 마감이 안 되지 말입다."

한석의 말을 무시하고 민수에게 물었다.

"너 가구 만들 때, 틈 벌어지면 실리콘 쏘냐?"

"형, 무슨. 실리콘을 누가 쏴요?"

민수는 말도 안 된다면서 고개를 흔들었다.

"그럼 틈 벌어지면 어떻게 하냐?"

"당연히 안 벌어지게 만들어야죠. 벌어지면 이미 불량이에요. 버려야 해요."

"그럼 실리콘을 쏴야 할 정도로 틈이 벌어지면 불량이라는 거지?"

민수가 고개를 끄덕였다.

이번에는 한석에게 물었다.

"이 건물도 마찬가지다. 가구와 다른 점은 불량이 나도 버리지는 못 한다는 거다. 그럼 어떻게 해야 하냐?"

한석은 대답하지 못했다.

한석이 말하지 못하는 답을 내가 말했다.

"답은 불량이 안 나오게 만들어야 한다는 거다."

팀장에게 말했다.

"다시 한 번 말씀드리지만, 저 실리콘 안 쏠 겁니다."

단호한 내 말에 그는 피식 웃었다.

"그러니까. 천장몰딩이나 걸레받이 붙였을 때, 틈 벌어지면 불량이다? 이 말이요?"

걸레받이는 바닥과 벽체 사이에 부착되는 몰딩을 통틀어 칭한다.

내가 고개를 끄덕였다.

팀장이 말했다.

"시방서에는 허용 오차 5㎜까지던데, 당신은 그것도 허용 못 하시겠다?"

다시 고개를 끄덕였다. 팀장이 어이없다는 듯이 고개를 흔들었다.

"허 참! 당신처럼 독한 감독은 처음이오. 어쩔 수 있나? 시키면 해야지."

그가 인부들을 불러 모았다.

"어이! 1㎜다. 1㎜."

"팀장님. 무슨 헛소리쇼? 오차 1㎜라고? 우리가 지금 7성급 호텔 만듭니까?"

"그렇게 됐다. 작업 시작! 전임 소장처럼 구속되기 싫으면 시키는 대로 한다."

참고로 전임 소장은 삼킨 떡고물을 토해내지 못했다. 이유는 모른다. 당사자만 알 것이다. 돌려주고 선처를 빌었다면 형의 선고에 감안이 되었을 것이나, 그러지 못했기에 실형을 받고 수감 중이었다.

팀장이 돌아보며 물었다.

"이 정도면 되겠소? 이 이상은 나도 안 되니, 배 째쇼!"

"이해해 주셔서 고맙습니다, 팀장님."

"아니, 뭘. 내 흘리는 한마디를 다 주워듣는 사람인데, 그 정도는 해줘야 면(面)이 서지!"

그는 얼마 전, 감리실에 들러서 돌이 이상하다는 말을 했었다. 나는 그의 지나가는 한마디를 흘리지 않았고, 전임 소장의 비리를 밝히고 쫓아내 버렸다.

그 이야기를 하며 내게 고마워하고 있었다.

오히려 고마워할 사람은 나인데.

"성함이 어떻게 되십니까?"

"차기석이라고 하오. 잘 부탁하오."

"제가 드릴 말씀이죠. 앞으로도 잘 부탁드립니다."

인사를 하고 자리를 빠져나왔다.

전생에 수많은 현장을 하면서도 제대로 된 장인을 구하기란 손에 꼽을 정도로 어려운 일이었다.

'차기석! 제대로 된 돌쟁이를 구했다.'

공방에서 생산이 완료된 몰딩이 들어왔다.

내부 석재 공사가 완료된 곳부터 목수들을 붙였다. 민수네 공방 장인들이었다.

"어이, 민수야. 벌써 사장님이 후계자 수업시키는 거냐?"

민수가 쑥스러워하며 말했다.

"아니에요, 아저씨. 그냥 실습 나온 거예요."

내가 목수 팀장에게 물었다.

"천장몰딩 마구리 맞닿는 부분, 어떻게 마무리 지으실 겁니까?"

마구리는 목재의 양쪽 끝을 말하고, 그 끝끼리 이어지는 부분을 잘 마감해야 틈이 생기지 않으므로 신경을 많이 써야 하는 부분이었다. 특히나 이 현장처럼 크라운 몰딩으로 부착이 될 때는 신경이 많이 쓰이는 부분이었다.

팀장이 민수에게 물었다.

"민수야, 누구냐?"

"제 학교 선배세요. 인테리어 총괄 담당하시는 분이기도 하구요."

"그래?"

젊은 친구가 총괄 담당이라고 하자 의외였던지 나를 위아래로 훑으며 말했다.

"뭐 어떻게 하기는, 본드 붙이고 타카치면 되는 거지."

내가 물었다.

"다른 방법은 없습니까? 나중에 벌어지지 않겠습니까?"

"괜찮아. 아직 이 일 안 해 봐서 모르나 본데, 그 정도만 해도 짱짱해. 절대 안 떨어져!"

25살이 내장 일을 해봤으면 얼마나 해 봤을 것이며, 아직 학생이라고 하니 미덥지 않았을지도 모른다.

그가 호언장담을 했지만 나는 그의 말을 믿지 않았다. 이 사람은 자신이 만든 건물을 10년 뒤에 다시 방문했던 적이 없었을 것이다.

우레탄 몰딩이라면 이렇게 해도 될지 모른다.

우레탄은 플라스틱이나 진배없으니 습기에 따른 변형이 거의 없다. 그러나 원목은 숨을 쉬는 자재다. 습기를 빨아들이고 내뱉으며, 수축과 팽창을 반복한다. 그 과정이 사람의 눈으로 보이지 않을 뿐이다.

'나중에 문제가 생기면 AS하러 오실 겁니까? 10년 뒤에, 이 한 건 때문에?'

홧김에 이렇게 묻고 싶었지만 그럴 수는 없었다. 이건 싸우자고 시비 거는 것밖에 되지 않는다.

지금 당장에는 삐까번쩍 멋있는 건물이라도 시간이 지나면 변형이 생긴다. 낡게 된다.

AS 기간이 지나면 시공업자들은 '나 몰라라' 한다.

'시간이 지나면 다 그런 거지. 세월까지 책임지라는 거냐!'는 말을 한다.

그 부담은 오롯이 건축주에게로 돌아온다.

가장 좋은 방법은 손을 보지 않아도 되도록 처음부터 잘하는 것이다.

처음 시공할 때, 귀찮더라도 한 번만 손이 더 가면 향후에는 수십 년이 지나도 손댈 일은 생기지 않을 것이다.

그 약간의 시간이 아까워서, 그 귀찮음이 번거로워서 몇 년 뒤의 사고를 방치하는 것이다.

건축 시공에 있어서의 미필적 고의!

그것을 의도한 바는 아니지만 방치함으로써 발생하는 현상을 알면서도 모른 척하는 것.

과연!

시공업체들은 약간의 본드와 타카핀으로 몰딩을 고정했을 때! 절대로 벌어지지 않을 거라 확신하는 것일까? 아니면 벌어질 것을 알면서도 방치하는 것일까? 다른 대체 방법이 없어서 그런 것일까? 아니면 귀찮아서 일부러 생각하지 않는 것일까?

'나는 두 가지 경우에 있어서 둘 다 후자일 거라고 확신한다.'

나 또한 그랬고, 대부분의 사람이 그러했다.

몰라서 어쩔 수 없었다면 양심의 면죄부라도 줄 수 있지만 알고 있는 이상 나는 '무조건 유죄'였다.

목수 팀장에게 물었다.

"시공하고 나서 틈새 벌어지면 어떻게 하시려고요?"

"실리콘 조색(調色:색을 맞추다)해서 메꾸면 티도 안 나요. 걱정하지 마시오."

'내 건물을 땜빵으로 메우겠다고?'

그럼 그 땜빵은 시간이 지나도 벌어지지 않을 것인가?

안타깝지만 대답은 역시 '벌어진다'였다. 땜빵 위에 다시 실리콘으로 땜빵하고, 그 위에 다시 실리콘으로 떡칠을 한다.

결국은 실리콘 쓰레기가 된다. 배관수련을 하면서 진절머리 나도록 깎아냈던 그 실리콘 쓰레기!

'그 쓰레기를 내 건물에 붙이겠다고?'

나는 실리콘을 혐오한다. 유리 창호 및 주방에서의 방수 목적, 혹은 접착용도 이외로 쓰이는 실리콘 말이다.

전생에 가구 일을 하면서 가장 많이 사용했던 것이 실리콘이었다. 또 실리콘으로 땜빵하면서 일을 해야 하는가?

실리콘이 필요 없을 정도로 정밀한 시공은 안 되는가?

그 구리구리하고 역한 냄새를 내 현장에서도 맡아야 하는 건가?

민수에게 물었다.

"석재 팀에게 실리콘을 안 쓴다고 말했다. 그런데 여기서 실리콘을 쓰면 되겠냐?"

자기 공방 식구들을 편들고 싶어 하는 눈치였지만 민수는 아무 말 하지 못했다.

팀장이 화가 났는지 소리쳤다.

"그럼! 어떻게 하자 난 곳을 보수하라는 말이오?"

"하자 내지 마십시오. 하자 내라고 돈 주고 부른지 아십니까?"

팀장이 화는 났지만 반박은 하지 못했다.

대신 악을 쓰듯 고함을 질렀다.

"그럼 다른 방법을 제시해야 될 것 아니야! 무조건 해라면 하는 거야? 무슨 수로 마구리 결착을 시킬 거며, 무슨 수로 안 벌어지게 만들 거야? 대책 있어?"

민수와 한석이 나서며 그를 진정시켰다.

싸움이 날 것으로 보였던 모양이다.

대번 해결책을 제시했다.

대책 없이 문제제기를 했다가는 상대에 의해 무시를 당한다.

'흥. 자기도 별수 없으면서 뭐가 잘났다고.' 이런 식으로 말이다.

"주먹장 맞춤으로 끼워 맞추세요."

주먹장 맞춤이라는 말에 그가 펄쩍 뛰었다.

"뭐! 주먹장! 이거 크라운 몰딩이라고, 이 사람아!"

"어렵습니까?"

가구 장인이 주먹장 맞춤을 모른다는 것은 말이 안 된다.

주먹장 맞춤이란, 직각의 홈이 아니라 머리가 더 큰 홈(역사다리꼴)을 만들어서 다른 방향의 면으로 끼우는 것이다.

끼우고 나면 부재 방향으로 당겨서는 뺄 수 없다는 장점이 있다. 일반 가공에 비해서는 손이 많이 간다는 단점도 있다.

물론 타카 시공에 비해서도 매우 많은 손이 간다.

어려운 게 아니다. 귀찮은 거다.

"마구리들을 다 그렇게 마감하라고? 이거야 원!"

"네, 돌출 마구리든 구석 마구리든 간에요."

그가 따지듯이 물었다.

"그렇게 해서 내가 얻을 수 있는 보상은?"

"제대로 되면 마구리 건으로는 하자보수 신청을 하지 않겠습니다."

"이 사람아. 이렇게 하면 하자가 나올 수가 없어. 손으로 당겨도 안 빠질 텐데."

"그러니까요! 이미 알고 계시네요."

손으로 당겨도 빠지지 않게 단단하게 붙잡았는데, 습기 따위가 당겨 낼 수는 없다.

그곳에 틈새 따위는 존재하지 않을 것이다. 주먹장 맞춤이 썩어 문드러지지 않는 한은.

그가 다시 물었다.

"만약 여기서 하자가 생긴다면?"

"그럼 주먹장 맞춤이 제대로 되지 않은 거겠죠."

"허!"

어디로 가도 외통수!

팀장이 헛웃음을 뱉었다.

시공이 제대로 되지 않았으니 당연히 하자보수를 신청해

야 할 것이다.

목수 팀장이 민수를 돌아보며 말했다.

"민수야. 너 제대로 걸렸다. 내 20년 내장 목수 했지만, 크라운 몰딩을 주먹장 맞춤으로 끼운다는 말은 처음 들어본다."

민수의 어깨가 으쓱했다.

'어쩔 수 없잖아요. 이런 사람인데!'

장인 정신!

말은 거창해 보이지만 간단한 의미다. 백 년이 지나고 천년이 지나도, 어느 누구에게 보이더라도 부끄럽지 않은 제품을 만든다는 정신.

그게 장인 정신이다.

아무리 많은 미사여구를 가져다 댄다고 해도 본질은 변하지 않는다.

기숙사 현장 앞에 고급세단이 멈춰 섰다. 선글라스를 긴 남자가 내려서 현장을 주시했다. 그를 수행하는 비서로 보이는 자가 말했다.

"사장님, 장 실장이 현장에 연락해 뒀답니다. 들어가시면 됩니다."

"장 실장 입단속은 잘했겠지?"

"염려 마십시오, 사장님."

"그래, 가보지."

그는 현재그룹의 삼남, 현재건설 사장이었다. 둘째 형과의 마찰을 피하기 위해서 최대한 조심하고 있는 모습이었다.

현장 앞에서는 문 소장이 오늘 방문한다는 귀빈을 기다리고 있었다. 방문자들의 정체도 모른 채.

"저녁 시간이 다 되가는고만. 왜 여지꺼지 안 오고 지랄이랴!"

현장에서 자기보다 높은 사람이 없는데, 난데없는 안내양을 하게 생겼으니 기분 좋을 리가 없었다.

오늘 점심을 먹고 기분 좋게 배 두드리고 있는데, 느닷없이 귀빈이 방문할 거라는 장 실장의 통보를 받았다. 소장이 기분 좋게 OK를 할 리가 없었다. 당연히 소장은 따지고 들었다.

"뭔 현장이 아그들 놀이터인 줄 안다요? 어제 미리 연통을 헌 것도 아니고! 누군디 나가 그래야 하는 거여? 당신네 사장님이라도 된당가요?"

현장에 귀빈이 온다고 하면 할 일이 많았다. 소장의 입장에서 현재 중공업 사장이 온다고 해보라. 집주인이 잘 지어지는지 보러오는데, 얼마나 신경 쓰일 일이 많겠는가?

하던 공사를 멈추고라도 꽃단장을 해야 한다.

현장 더럽다고 기성을 적게 푼다거나 하는 일이 생기면, 공사가 난항을 겪게 된다. 기성이란, 공정률에 따라서 원청

업체에서 돈을 지급하는 것을 말한다.

이론상으로 현장의 공정이 80% 진행되었다면, 총계약금액의 80%를 원청에게 청구할 수 있다. 이론상으로는!

보통 기성은 현장 담당자의 재량에 달려 있지만, 최종 결제자가 기성을 반으로 줄이라고 하면 줄일 수 있다.

이유는 많았지만 굳이 예를 들자면!

'공사가 아직 완벽하게 마무리되지 않았으니, 기성지급을 보류하겠다.'

물론 완벽함의 기준은 담당자의 주관에 달려 있다. 시공업체가 아무리 항변해도 먹히지 않는다. 털어서 먼지 안 나는 곳은 없으니까!

'그런 귀빈 방문을 하루 전도 아니고, 몇 시간 전에 통보를 혀? 것두 일방적으로다가? 이건 상도의가 아니잖여!'

물론 소장의 말은 씨알도 먹히지 않았다. 오히려 장 실장에게 경고의 한마디를 들었을 뿐이다.

"누군지 알려고도 하지 말고, 그냥 묻는 말에만 답하세요."

"걱정이랑 허덜 마셔. 나가 그렇게 눈치 없는 사람이 아닝께로, 현장……."

"됐구요! 혹시라도 불편하셨다는 말이 들리면 아시죠!"

'이런! 싸가지 없는 자슥이, 워매 으른 말씀을 싹둑 잘라묵어야!'

소장이 인상을 쓰면서 수화기에 말했다.

"분부대로 하겠구만이라, 실장님!"

그 귀빈이 현장에 도착했다.

"아이고, 먼 길 오시느라 불편하시지는 않으셨어라."

소장은 현재건설 사장에게 허리를 꾸벅 숙였다.

사장이 말했다.

"그러지 마십시오. 오히려 귀찮게 해드려 죄송합니다. 그냥 지나가는 사람이라 편하게 대해 주세요."

"그래도 되까나잉? 한데 뉘신……."

문 소장이 고개를 들며 물어보는데, 사장의 뒤로 고리눈을 뜨고 있는 비서가 눈에 들어왔다.

"소장님, 당신은 이분께서 물으시는 말씀에만 대답하시면 됩니다."

"어허. 이 사람이. 편하게 하십시오."

사장은 점잖게 괜찮다고 했지만 문 소장은 잽싸게 말을 바꿨다.

"그래도 그럴 수는 없지라. 손님이신디. 안내해 드릴텡게, 이쪽으루다가."

문 소장은 두 팔을 현장 쪽으로 향하며 현장 가이드를 시작했다.

사장을 만난 뒤, 소장의 허리가 펴질 시간이 있을까?

권력 앞에 약한 자여!

그 이름은 '월급쟁이'였다.

현장으로 막 들어서는데, 고성이 들려왔다.

"지금 우리더러! 모든 천장 몰딩 귀퉁이 마감을 주먹장 맞춤으로 하라는 거요? 그것도 크라운 몰딩을!"

"네, 맞습니다."

"그게 말이 되는 소리요? 20년 내장 목수하면서 그런 소리는 처음 듣네!"

내장 목수로 보이는 사람이 젊은 사람을 상대로 항변하고 있었다.

사장이 물었다.

"무슨 일입니까?"

"거시기. 그거시 인테리어 담당이 쪼까 까탈스러워서. 신경 안 쓰셔도 된당께요. 이리……."

하지만 이미 사장은 그쪽으로 몸을 돌리고 있었다.

"한번 가봅시다."

"네."

"네."

비서와 소장이 동시에 허리를 굽히며 그를 뒤에서 수행했다.

"나가 가서 말려야 쓰겠구만이라. 신경들 쓰지 마시고……."

"놔두시오. 궁금해서 그러니."

"그려도…… 쪼까 거시기……."

비서가 말했다.

"소장님은 물으시는 말씀에만 대답하시면 됩니다."

'니미. 지랄 염병! 나가 자동 응답기여?'

비서의 하는 꼴이 꼴사나웠지만, 문 소장은 속내를 꿀꺽 삼켰다. 20m쯤 떨어진 곳에서도 그들의 대화는 잘 들렸다. 귀빈에게 화목하지 못한 모습을 보이는 것이 소장은 못내 아쉬운 모양이었다.

"거시기 우리 인테리어 담당이 쪼까 거시기 하당께요."

사장이 물었다.

"젊은 친구는 감리 안전모를 쓰고 있는데요?"

"거시기 사정이 좀 있지라."

"물어보시잖소. 대답하시오."

"어허, 이 사람이 사정이 있다잖나. 그만하게."

"네! 알겠습니다."

'쌍! 아주 지랄 염병을 바가지로 해쌌네.'

고함을 치던 목수는 어이가 없었는지, 너털웃음을 지으며 말했다.

"허허, 이 사람아. 그렇게까지 하는데, 하자가 어떻게 나와! 손으로 당겨도 안 빠질 텐데."

"그러니까요! 이미 알고 계시네요."

"그래도 하자가 나오면?"

"그럼 공사를 제대로 안 하신 거죠. 하자보수 신청을 해야겠죠."

"에라이! 내가 더러워서. 한다. 해!"

목수가 부하들을 돌아보며 말했다.

"이 양반이 하는 말 잘들 들었지. 하자 나면 내가 직접 대가리에 망치질 할 테니까. 제대로 해."

젊은 감리를 돌아보며 말했다.

"됐소? 내가 책임지고 감독하지. 하자 나온 데가 있으면 내가 직접 조질 테니, 나한테 말하쇼."

만족스러운 대답을 들었는지 감리는 인사를 하고 돌아섰다.

목수들 중 누군가가 말했다.

"팀장님, 그냥 사장님께 가서 못 한다고 하시죠? 이렇게 깐깐한데, 무슨 일을 해요?"

"네가 가서 말할래? 왜? 싫으냐? 그럼 내가 가서 말하랴? 저번처럼 또 대패에 찍히라고. 난 못 해. 새끼들아!"

"에이씨, 젊은 노무 새끼가 까탈스럽기는 사장님보다 더하네. 지가 무슨 인간문화재냐?"

"어따 우리 인자하신 사장님을 갖다 대! 저 친구에 비하면 사장님은 양반이야. 양반!"

팀장이 버럭 고함을 질렀다.

"이것들아. 일 안 해? 오늘 주먹장 몇 개 만들어야 하는지 알아? 얼른 톱 안 챙겨?"

"아유, 오랜만에 톱질하게 생겼네. 전동공구 놔두고 톱질이라니, 이게 뭔 지랄이냐?"

목수들이 투덜대며 공구들을 챙기기 시작했다.

민수가 말했다.

"형, 인부들의 불만이 장난이 아닌데요. 꼭 그렇게 하셔야 되는 거예요?"

한석도 민수의 말을 거들었다.

"선배님! 그냥 본드 발라가지고, 타카 치면 되는 거 아닙까?"

"되긴 되지. 하지만 결속력이 약해서 오래 못 가!"

"선배님도 참 이상하십다. 그냥 남들 하는 대로 하심 되시지 말임다?"

이번에는 민수가 한석을 거들었다.

"형, 꼭 그렇게 해야 하는 이유가 있어요? 우리 공방 목수들도 깐깐하다고 하시던데요."

"욕했겠지."

민수가 고개를 숙였다.

아니라는 말은 안 하는구나. 대체 무슨 욕을 들었길래.

민수가 말했다.

"그렇게 심하지는 않았어요."

"네, 그렇게 심한 욕은 못 들었슴다. '어린노무 새끼가 존나 깐깐하네'라는 말이 젤로 약했슴다."

'이 자식이!'

홧김에 오른손을 들었다가 슬며시 내렸다.

"선배님, 망치로 까시면 아무리 제가 돌대가리라도 죽습다. 고정하시지 말임다."

망치를 왼손으로 고쳐 들었다.

"입 다물겠슴다."

"잘 생각했다."

석재 작업이 끝난 로비 천장 구석과 돌출 부위를 가리켰다.

"나중에 시간이 지나면 몰딩이 벌어지는 부분이 저 부분들, 꺾이는 이음새거든."

"흠. 그건 나무들의 수축률 때문인가요?"

"그렇지. 때마다 물청소를 할 거고 왁싱을 할 건데, 버텨내겠냐?"

"장마 때는 더 심하겠네요."

"그렇지. 끝났지만 끝나지 않은 공사가 되는 거지. AS 기간이 지나면, 그 책임은 건축주에게 돌아갈 거고."

"그럼 실리콘을 쓰지 않으려는 것도 그 때문입니까?"

"응. 때가 타면 갈아줘야 하는데, 그걸 누가 할 것 같냐?"

실리콘도 때가 타고, 곰팡이가 생긴다.

목재나 석재는 딱딱해서 닦으면 그만이지만 실리콘은 굳어도 물렁하다. 그 물렁한 사이로 때가 타면 칼로 깎아내고 새로 쏘는 것 외에는 방법이 없다. 그것이 매년 반복된다.

"건축주겠죠. 그래도 공사하기는 편하지 않나요?"

"마감을 실리콘으로 메꿀 생각을 하니까. 틈이 생겨도 넘어가는 거고, 대충하게 되는 거다."

"형 말씀은 앞의 공정들이 도면대로 정확하면 실리콘을 쏠 이유가 없다는 거네요."

현관에 문틀이 완성되었는지 한창 실리콘을 쏘고 있었다.

"저곳처럼 실리콘은 방수가 필요한, 반드시 써야 할 곳에만 사용해야 한다는 게 내 생각이다."

반드시 실리콘이 필요한 부분이 있다. 대체 가능한 자재가 없을 때!

"그마나도 보일 듯 말 듯 최소한으로 써야 건물의 품격이 산다."

한석이 물었다.

"선배님, 전 손가락이 들어갈 만한 틈에도 실리콘을 쏜 걸 봤는데 말임. 그럼 그 사람들이 잘못한 검까?"

"허락했으니 그렇게 했지 않겠어? 안 그래요? 형."

"아니면 적당히 묵인을 했던지. 너희는 그걸 보면 무슨 생각이 들더냐?"

"뭐, 어찌할 방법이 없으니 그랬겠지 말임. 일부러 그랬겠습까?"

민수는 내가 무슨 말을 할지 나만 바라보고 있었다.

"난 다르다. 그건 '우리 실력 이것밖에 안 된다. 그러니 이

걸로 때우겠다' 하고 자랑하는 꼴밖에 안 된다."

"형, 그건 너무 비약 아니에요? 어쩔 수 없는 상황이란 것도 있을 텐데."

"그렇게 생각할 수도 있겠지."

민수의 말이 우리 건설현장이 처해 있는 현실인지도 몰랐다.

몇십 년 후에도 똑같은 소리를 해댈 테니까.

씁쓸한 표정으로 말을 이었다.

"마감공정의 선공정은 그 앞의 공정이 이렇게 해놨으니, 이것밖에 못 한다. 그전 공정도 똑같은 소리를 해댄다. 변명이 꼬리에 꼬리를 문다. 현장의 기사들은 난감하지."

"선배님, 그건 어쩔 수 없잖습까?"

당연한 소리를 하냐는 한석의 반론이었다.

"아니, 충분히 중간에 수정을 할 수 있었고, 보강을 할 수 있었다. 하지 않은 거지."

"시간도 더 들고, 돈이 더 드니까요?"

민수의 말에 나는 고개를 끄덕였다.

한석이 손가락을 튕기며 말했다.

"마지막에 딱! 실리콘으로 마감을 할 수 있으니, 그런 거 아니겠습까?"

"그래, 이번에는 한석이 말이 정답에 가까운 것 같네. 물러설 곳이 있으니, 최대한 물러나는 거지. 그게 각 공종 담당자들에게는 가장 효율적인 거야. 시방서에서 정해 놓은 오차 범위 내에서 가장 빨리 끝내는 것."

"빨리 공사를 끝내려면 어쩔 수 없잖습까? 민수 선배는 어떻습까?"

"그 오차가 뒤로 대물림될수록 더욱 커지겠군요."

"여기서 질문 하나 하자."

갑작스런 질문에 둘의 시선에 나에게 모였다.

"우리가 그렇게 대충대충 공사하고 때우려고, 이렇게 전공이랍시고 공부하는 거냐?"

따박따박 대꾸하던 한석의 말문이 잠시 막혔다.

어차피 답은 하나다.

아니오!

"이상적인 말이겠지만 진정 기술자라 자부한다면 '여기 어디 실리콘을 쏠 곳이 있냐! 봐라!' 이렇게 말할 수 있어야 하지 않겠어?"

비단 실리콘만을 말하는 것은 아니다. 작은 예일 뿐이다.

'빨리빨리' 한국 정신이 만들어낸 기형적인 공정이다.

실리콘 마감 자체를 하나의 공정으로 봐야 할 정도로, 우리나라의 건설은 대충대충 얼렁뚱땅이었다.

현장을 돌아보며 말했다.

"잡다한 공정이 덜 들어가게 해야, 하자도 적어진다."

"형은 공사를 한 번에 끝내고 싶으신 건가 봐요."

"맞아. 한 번 공사를 끝낸 곳은 뒤돌아보지 않아도 나를 찾지 않았으면 한다."

"선배님, 떠나간 여자는 잡지 않는다. 그거지 말임다. 남자는 쿨해야지 말임다."

한석은 그래도 이해가 되지 않는 모양이었다.

"그래도 실리콘으로 마감하면 공사가 빨라지잖습까! 건설사 측에서는 이득이지 말임다."

"그렇지. 하지만 대충 실리콘으로 얼버무렸다가 AS 기간이 끝나면 건축주가 몽땅 떠안아야 하지."

"원래 다 그런 거 아님까? 남들은 다 그렇게 하는데 말임다."

한석의 말을 들은 체도 하지 않고 민수에게 물었다.

"민수야. 나무는 수백 년을 간다. 돌은 수천 년을 간다. 일년 수명의 실리콘이 어울리기나 하냐?"

민수가 웃었다.

"홋, 아뇨. 절대 어울릴 리가 없잖아요."

실리콘은 누구나 인정하는 틈새 땜빵의 최강자다. 하지만 매번 갈아줘야 하는 일회용 최강자다. 곰팡이의 주범이 되기도 한다. 항균이라고 곰팡이가 안 스는 것도 아니고, 때가 안타는 것도 아니다. 다만, 수백 년을 갈 목재와 수천 년을 존재할 석재들 사이에 매년 교체해 줘야 하는 실리콘이 있다.

이 얼마나 언밸런스인가?

"현장기사는 깐깐해야 한다. 욕은 먹어도 된다."

한석이 말했다.

"까짓 욕먹지 말임다. 전 100살까지 살 검다."

책임감 없는 지휘관은 수천, 수만의 병사를 죽음으로 몰아넣는다. 사명감 없는 건축가는 부실공사를 만들고, 수천, 수만 명의 수백 배에 달하는 사람들에게 생지옥을 보여준다.

"나는 이 현장만 끝나고 돌아오지 않을 사람들에게 욕먹는 것보다 이곳에 살면서 불편함을 느낄 사람들의 불평을 듣는 것이 더 수치스럽다."

"그러네요. 현장은 몇 달이면 끝나지만 입주자는 평생을 살겠죠. 건물이 사라질 때까지."

"한석이 너. 더 오래 살고 싶냐?"

한석을 보며 웃었다. 민수가 말했다.

"한석아, 입주자들 욕까지 다 먹으면 천 년도 살 수 있을지 몰라."

한석이 머쓱하게 말했다.

"선배님, 저도 천 년까지 살고 싶은 맘은 없지 말임다."

둘에게 말했다.

"선택해야 할 거야. 어떤 욕을 먹어야 할지."

한석이 웃으며 말했다.

"선배님께서는 진짜 오래 사시겠슴다."

"왜?"

"입주자들은 욕 안 해도, 시공자들이 입주들 100배로 욕할 테니 말임다."

"너도 오래 살겠다."

"왜 말임까?"

"내 욕도 좀 세거든?"

오른팔을 들어 올렸다.

"엇, 선배님. 저 사람들 누굼까? 이 신성한 현장에서 안전모도 안 쓰고 말임다."

'이게 어디서 말도 안 되는 구라를!'

내 현장에서 안전모를 쓰지 않으면, 반드시 쫓겨난다. 내가 믿지 않는 눈치니까, 다급했는지 삿대질을 하면서 말했다.

"진짬다. 선배님! 저기 있잖슴까? 저기!"

한석의 말처럼 안전모를 벗은 두 명이 보였다. 그 옆에서 소장이 굽실거리고 있었다.

민수가 말했다.

"형, 높은 사람들 같은데요."

"그러게 말임다. 소장님 머리가 바닥에 닿겠슴다."

아무리 높은 사람이 와도, 현장에는 현장의 규칙이 있다.

"알게 뭐냐! 현장에 왔으면, 현장 법을 따라야지."

현장의 규칙에 예외는 없다.

그들을 향해 외쳤다.

"거기! 방문자 분들! 안전모 착용하십시오."

사장이 물었다.

"이 현장은 실리콘을 안 쓰시나 봅니다?"

사장은 언제 들었는지 실리콘 이야기를 꺼냈다.

"그것이 거시기. 우덜 감리가 겁나 깐깐하당께요."

"실리콘 없이도 마감이 가능한 겁니까?"

사장의 의문은 당연한 것인지도 모른다.

문 소장이 웃었다. 의미심장한 웃음이었다.

"여그 쪼까 보시랑께요."

소장의 손가락 끝에는, 바닥 대리석과 벽체 대리석 사이에 다른 색상의 대리석이 걸레받이를 대신하고 있었다. 아무런 이상이 없어 보였다.

비서가 인상 쓰며 물었다.

"뭘 보라는 말입니까?"

"거시기. 여그다가 실리콘을 쏘는 게 좋겠는지, 안 쏘는 것이 맞겠는지 물어보는 것이지라."

1㎜의 틈새도 없이 깔끔하게 마감되어 있었고, 그 작은 틈 또한 선을 그어놓은 듯 균일했다. 누가 와서 딴죽을 건다고 해도, 흠 잡을 곳이 없어 보였다.

사장이 의아한 눈으로 소장을 바라보자 소장이 그제서야 어깨를 펴며 말했다.

"우덜은 이것이 마감이지라. 실리콘 따위는 안 쓴당께요."

"허허. 이것이 마감이라. 허허허."

그럴 만했다. 균일한 틈새를 유지할 수 없으니 그 들쭉날쭉한 틈새를 덮어버리고자 실리콘을 쓰는 것이다.

자재들의 아귀가 딱딱 맞는데, 실리콘을 쏠 의미가 있을까? 그거야말로 낭비가 아닐까? 그제야 사장은 전체를 둘러볼 여유가 생겼다. 아까의 젊은 감리가 왜 실리콘을 극도로 싫어하는지 해답을 찾았다.

자를 댄 듯 반듯하게 시공된 현장이었다. 과연 누가 실리콘을 쓰고 싶을까?

사장이 말했다.

"실리콘을 안 쓰니 더 깔끔하군요. 군더더기 없이! 그렇지 않나."

"네? 네. 그렇습니다. 익숙하지 않아서 몰랐습니다. 창호 말고는 실리콘을 쏜 곳이 한 군데도 안 보입니다."

"실리콘 마감이라. 다시 한 번 생각해 봐야겠는걸."

사장의 눈이 로비 전체를 둘렀다.

"쪼까 어둡지라? 불을 켜야 쓰겠구만이라."

실내가 밝아졌다.

"호. 불을 켜니, 천장몰딩이 아까랑은 느낌이 좀 다릅니다."

일부 시공된 몰딩들을 보고 하는 말이었다.

소장이 박수를 치며 말했다.

"캬! 역시 높으신 분이시니께, 보시는 눈도 높으시구만유!"

"소장님. 제발 묻는 말에만…… 좀!"

소장이 찍소리 못 하고 다시 허리를 굽혔다.

"거시기. 우덜 현장에서 자체 제작한 몰딩이지라."

"그래요? 제가 좀 구입할 수 있겠습니까?"

소장의 눈빛이 변했다.

하청업자의 눈에서 영업자의 그것으로.

'흐흐흐. 한두 개만 사지는 않을 것이란 말이제. 한 개에 5만 원, 백 개만 사도 500만 원, 나무값 빼고, 가공비 제하믄, 못해도 순마진 50%, 250만 원. 거시기. 보자…… 내가 10% 잉게. 나가 25만 원을 먹는구먼. 꿀꺽!'

순식간에 계산을 마쳤다.

소장의 목소리가 한 옥타브 높아졌다.

"월매든지 말씀만 하시랑게요. 10개유. 100개유. 요것이 편백나무 원목으로다가 맹근 것인디 말이지라. 도장……."

소장의 영업에 누가 제동을 걸었다.

"거기! 방문자분들! 안전모 착용하십시오."

소장은 짜증이 나서 고개를 홱 돌렸다.

'워매! 워떤 잡것이 소장님 영업하시는디, 헉!'

소리친 자를 바라보고는 소장의 입이 닫혔다.

'아따, 쪼까 더 영업할 수 있었는디. 아오! 눈치도 드럽게 없당께.'

상대가 상대이니만큼 아쉬움을 삼킬 수밖에 없었다.

한편, 비서는 광대가 꿈틀거렸다.

"아니, 저 친구가? 이분이 어떤 분이신지 알고?"

비서가 사장에게 허리를 굽히며 말했다.

그가 십 년 가까이 모셔온 분이었다. 감히 누구도 이래라저래라 할 수 있는 분이 아니었다.

"제가 한마디 하고 오겠습니다."

사장이 말했다.

"자넨 제발 오바 좀 하지 말게. 그리고 안전모는 자네만 쓰면 돼!"

비서가 벌떡 고개를 쳐들었다.

"헉, 사장님. 언제!"

이미 사장은 안전모를 쓰고 있었다.

그걸 보는 순간, 비서는 가슴이 아려오는 것을 느꼈다.

'이것이 배신감인가! 저한테는 말씀도 없이.'

소장은 보았다.

성훈이 안전모를 쓰라고 하는 순간에, 사장이 벼락같이 바가지를 뒤집어쓰는 모습을.

문 소장이 속으로 혀를 내둘렀다.

'캬. 그 양반! 비호가 따로 없고만.'

사장이 딴청을 피우며 말했다.

"어허, 사장이라니. 말조심하게."

그리곤 말을 이었다.

"현장에선 감리가 법이야."

소장이 그 말을 거들었다.

"그라지요. 로마에 가믄 로마법을 따라야 한당께!"

비서의 목소리에서 어금니 가는 소리가 들린다.

"제발 소장님. 묻는 말에만……."

"알았당께요."

소장의 목소리가 죽어 들어갔다.

20장
현장 수업(3)

소장에게 말했다.

"소장님, 귀빈들 안내 중이셨나 봅니다."

"그라제. 나가 쪼까 바쁘잖여."

"그럼. 수고하세요. 잘 둘러보시고 가십시오."

귀빈에게 고개를 숙였다.

소장이 내게 물었다.

"그란디 여그는 어쩐 일이다요. 바깥에 일은 끝난겨?"

"네, 제가 내일은 현장을 좀 비워서, 동생들한테 업무 지시 좀 하려고요."

"여그서?"

"네, 천장 몰딩 건 때문에 그래요. 봐야 설명을 하죠."

소장이 귀빈을 보며 말했다.

"거시기. 사무실로 들어가시는 것이 어떠시당가요?"

"아닙니다. 여기서 좀 더 보고 싶은 것이 있습니다."

"여그서요?"

소장이 재차 확인을 했고, 그는 고개를 끄덕였다.

"성훈 씨, 우덜도 여그서 볼일이 있는디, 괜찮겄제?"

"네, 뭐 상관없습니다. 비밀 이야기 할 것도 아닌데요."

"그라믄 일들 보쇼. 우덜은 우덜 일 볼텡게."

민수와 한석에게 천장몰딩을 어떻게 시공할 것인지를 설명했다.

"좌측에서 오는 몰딩과 우측에서 오는 몰딩 보이지?"

"네, 거기에 주먹장 맞춤을 연결시키라는 말이죠."

아무래도 실제적인 공사에 대해서는 민수가 좀 더 알았다.

"그런데 선배님. 서로 다른 두 방향에서 오는데, 주먹장 맞춤을 어떻게 함까? 주먹장은 한 방향에서 때려 박는 거라서 직각 방향의 당김에는 강하겠지만, 박은 방향에서의 당김에는 약할 거 아님까?"

당연한 의문이었다. 그 질문에 민수가 대답했다.

"서로 다른 방향의 주먹장 맞춤을 각각 한 개씩 쓰면 되지."

"엥. 그렇게 박을 수가 있슴까?"

민수가 웃었다.

"주먹장 맞춤 2개를 만들어서 서로 반대 방향으로 겹치게 하거나, 위아래로 이어서 몰딩에 타카를 쏴야겠지."

실전에서 우러나오는 민수의 설명에 한석도 이해를 했다.

"아하! 그러니까 마구리 쪽의 몰딩은 미리 'ㄱ'자로 만들어서 올려야 시공이 가능하겠습니다. 역시 민수 선배! 킥!"

"생각 좀 하고 살아라. 녀석아. 너 주먹장 맞춤이 뭔지 한 번도 못 봤지?"

뒤통수를 문지르던 한석도 뭔가가 떠올랐던 모양이다.

"아닙니다! 선배님. 저도 봤습니다. 제 책상 서랍통 빼니까, 그렇게 되어 있었습니다."

"호오. 그래도 꽤나 관심이 있나 보네. 그런 걸 다 보고 다니고."

'이런 녀석이었나?'

앞뒤 양쪽으로 주먹장 맞춤이 되어 있다고 해도, 앞쪽의 것은 서랍판이 있어서 볼 수가 없었을 것이다.

그 말은 서랍을 끝까지 빼서 뒤쪽을 봤다는 것인데, 이건 관심이 없으면 할 수 없는 일이 아니던가!

"엄마가 거기까진 청소 안 하심다. 헤헤."

'그럼 그렇지!'

"녀석! '핫윈드(Hot Wind)'라도 숨겨놨냐!"

핫윈드는 90년대 유행한 칼라화보집이었다.

'한창 젊은 내 가슴에 불을 질렀었지. 그게 벌써 20년 전이

라니.'

혹시나 해서 찔러본 것인데, 녀석은 예상을 빗나가지 않았다.

'내 전생 판박이라니까!'

"역쉬. 선배님도 거기다 숨겨놓으시나 봄…… 컥!"

"귀엽다 귀엽다 하니까. 자식이 누굴 같은 레벨로 갖다 붙이냐?"

한석의 속삭이는 소리가 들린다.

"민수 선배, 성훈 선배님 고자 아니심까?"

'쯧쯧. 녀석. 나중에는 스마트 폰으로 질리도록 볼 날이 올 거다. 기대해라.'

한석이 물었다.

"선배님, 그런데 실리콘을 왜 그렇게 싫어하심까? 원수 진 일이라도 있으심까?"

"그러게요. 저도 이해가 잘 안 돼요. 다들 쓰는 건데요. 편하잖아요."

둘이 이구동성으로 내게 물었다.

"실리콘은 가히 만능의 마감재라고 할 만하지."

"네, 맞슴다. 선배님!"

"하지만! 나는 그 실리콘의 너무 뛰어난 효능 때문에 한국 건축은 퇴보했다고 생각한다."

"네, 그게 무슨 말씀이세요?"

민수는 질문을 던졌고, 한석은 무슨 헛소리냐는 듯 입을 헤벌렸다.

"원래 실리콘은 방수를 위한 마감재로 나온 제품이다. PVC 창호에서는 없으면 곤란할 정도로 유용하지."

그 자리에 있던 사람들 모두 고개를 끄덕였다.

소장과 귀빈들 포함해서 말이다.

'살짝 부담스러운데.'

슬쩍 다른 곳으로 자리를 옮겼다. 민수와 한석도 당연히 나를 따라왔다.

"하나의 공종이 끝나고 다른 공종이 들어갈 때, 현장을 관찰해 본 적 있냐?"

민수나 한석이나 현장이 처음이니 그런 경험이 있을 리가 없었다.

나는 경험이 많았다. 전생에 가구를 하면서 수도 없이 겪었던 경험이다.

가구는 마무리 공정이다.

주방가구는 주로 천장 도배, 타일, 천장몰딩, 마루 공사가 순차적으로 끝나면 그때서야 투입된다.

내가 회귀하기 전에는 현장의 의식구조가 많이 선진화(先進化)되어서 청소 상태가 좋았었지만, 그것도 1군 건설업체에

한하는 일이었다.

그리고 지금, 1998년 당시의 현장은 뜨거웠다. 돈이 되는 현장이었고, 이제 막 IMF를 지나 돈이 급한 시기였다.

빨리 치고 빠지면 그것이 곧 수익으로 연결이 되었다.

과연 청소를 하고 나올 정신적 여유가 있었을까?

아니, 그럴 만한 도덕적 양심이 있었을까?

내가 본 지금 시기의 현장은 엉망이었다. 그중에서도 마무리 공정이 들어갈 시기가 되면 그야말로 쓰레기통을 방불케 했다. 시공자들은 양심을 쓰레기통에 버린 채 돈 벌기에 혈안이 되어 있었다.

좀 더 디테일하게 예를 들기로 했다.

"혹시 욕조 교체 공사를 해본 적 있어?"

둘 다 고개를 흔들었다. 그럴 것이다.

"나중에 기회가 있으면 한 번 봐라."

"헤헤. 뭔데 그러십까. 선배님."

보라고 하니까 한석은 흥미가 동한 모양이었다.

"저기 굴러다니는 다 쓴 실리콘 통, 욕실을 깔다가 남은 타일 자투리, 하다못해 실리콘 닦아낸 휴지까지 가득 차 있을 거다. 그렇지 않다면, 아주 운이 좋은 거지."

"윽! 설마. 그게 말이 됨까? 거기가 쓰레기통임까?"

"그래요. 형. 현장에서 확인하겠죠."

내가 물었다.

"무슨 수로?"

둘이 멍하니 내 얼굴만 바라봤다.

"이미 설치를 끝내고, 방수를 위해 실리콘 마감까지 다 해 버린 욕조를 무슨 근거로 뜯어서 확인하겠어?"

민수가 말했다.

"형. 그건 좀 과장된 말씀 같은데요?"

"그렇게 믿고 싶은 거겠지."

아직도 둘은 믿을 수 없다는 표정이었다. 뒤의 다른 사람들도 마찬가지였다.

'실제로 경험해 보지 않았으면 절대로 알 수 없지.'

더욱 자세한 설명이 필요해 보였다.

"욕조가 욕실의 마지막 공정이다. 그렇지?"

그렇다. 욕실장처럼 부착만 하면 되는 것은 공정의 순서에 상관없이 설치한다.

사실 가장 후순위로 밀려나도 상관없는 공종이다. 후에 따르는 공종이 없으니 당연하다.

하다못해 입주 직전에 들어가도 된다.

그러나 욕조는 다르다. 일단 타일 작업이 모두 끝나야 투입될 수 있다. 욕조가 들어가지 않으면 공사는 완료되지 않는다. 거울과 욕조가 동시에 작업을 시작한다고 해도 부피가 크고 무거운 욕조가 운반에 시간을 보내는 동안, 거울은 이미 작업을 끝내고 현장을 나가 버린다.

거울이나 유리처럼 파손의 위험이 있는 제품들은 운반 즉시 설치를 기본으로 하기 때문에, 운반 작업을 끝내고 뒤늦게 작업자들이 뒤따라 붙는 경우가 드물다. 각 실 배치와 동시에 부착이 끝나 버린다.

이런 여러 가지 이유로 욕조는 항상 욕실의 최종 공정이 된다. 물론 그 위에 수전 공사가 따라붙기도 하지만 쓰레기를 남기지 않는 공정이다. 설령 남긴다고 해도 반드시 주워 나온다. 버리고 올 만한 곳이 없기 때문이다.

'누가 봐도 티가 나는 짓을 할 바보는 없으니까.'

"한석이 넌. 길가다가 남이 버린 쓰레기 줍고 그러냐?"

"헤헤. 그럴 리가 없지 말임다. 제가 남이 버린 걸 왜 줍겠습까? 거지도 아니고."

"다른 사람도 그렇겠지?"

"당연하지 말임다."

이번엔 민수에게 물었다.

"길가다가 쓰레기가 잔뜩 쌓여 있으면 그곳에다가 네가 가지고 있던 쓰레기를 버린 적 없냐?"

"당연히 많죠."

"왜 그랬는데?"

"거기가 쓰레기 모으는 곳이니까요."

"누가 그렇게 정의했는데."

"……"

"그냥 그럴 거라고 추측했겠지."

민수는 고개를 끄덕였다.

"그래, 다들 그렇게 생각할 거야. 쓰레기통이 아님에도 거기 모아두면 청소부가 치우겠지 하는 생각도 있고."

모두가 고개를 끄덕였다.

'저 사람들 뭐지? 제 갈 길이나 갈 것이지. 한가한가?'

그래도 귀빈인데, 뭐라고 할 수는 없지 않는가?

또 자리를 옮겼다.

한석에게 물었다.

"누군지 모르지만 선 공정 하나가 작업하고 남은 쓰레기를 치우지 않고 갔다. 다음 공정이 치울까?"

"치우지 않겠죠."

"왜 그럴 거라 생각하냐?"

"제가 버린 게 아니잖슴까. 제가 청소붑까?"

"그래, 그게 일반적인 반응이지. 그럼 한 사람이 버리고 가면 어떻게 될까?"

민수가 답했다.

"당연히 버려도 된다고 생각하겠죠. 남들도 버렸으니까요."

"그렇지. 그리고 손에 들린 빈 실리콘 통은 더 이상 쓸모도 없는 짐만 될 뿐이니까. 그걸 버릴 시간에 1m라도 더 쏘는 게 돈이 되거든."

실리콘 쏘는 사람들은 1m당 얼마로 인건비를 계산한다.

그들에게는 시간이 곧 돈이다. 일한 만큼 돈을 버는 것은 당연한 거지만, 후다닥 뛰어와서 실리콘 쏘고, 후다닥 뛰어 내려가는 그 사람들에게 빈 실리콘 통을 챙길 정신이 있을까? 그들에게는 쓰레기일 뿐인데.

훗날 현장에서 쓰레기 버린 업체를 일일이 추적하여 징계를 하고, 정신 교육을 강화하면서 현장의 분위기는 많이 청결해졌다. 물론 그렇게 되기까지는 많은 시간이 걸렸다.

인부들의 시공 양심이 청결해지는 것은 그 이상의 시간이 걸릴 것이다.

"그렇게 쌓인 쓰레기들은 최종적으로 치워야 할 사람들은 욕조 시공자들이 되겠지. 과연 치울까?"

아무도 대답하지 못했다.

"그들은 가장 간단한 방법을 생각해 냈지."

민수가 그 답을 말했다.

"욕조 밑으로 집어넣었군요."

"상상에 맡긴다. 너희 집 욕조는 그렇지 않기를 바랄 뿐이다."

민수가 흐뭇하게 웃었다.

"우리 집 욕조는 아버지께서 직접 설치하셨어요."

"다행이구나. 한석이는?"

"반드시 뜯어보겠습니다."

"뜯은 김에 청소까지 한번 해라. 어머니께 미루지 말고."

"네! 선배님."

결의를 다지는 한석의 얼굴이 마냥 밝지만은 않았다.

욕조 아래 내가 모르는 뭔가가 있다고 직접적인 해를 입는 것은 아니다. 보이지도 않는다. 알지도 못한다. 십 년을 살다가 이사를 가도 그 사실을 알지 못한다. 알게 되는 것은 욕조에 문제가 생겼거나, 혹은 더 좋은 욕조로 교체하기 위해 뜯어내는 순간이다.

그때의 더러운 기분은 평생 가도 잊기 어려울 것이다. 깨끗하기 위해 샤워를 하는데, 십 년이 넘는 시간을 바로 옆에 쓰레기가 있었다고 생각해 보라.

'그게 과연 그 쓰레기들의 잘못일까? 그럴 리가 없지 않는가?'

고객들만 편리함을 찾는가?

아니다. 시공자들도 편리함을 찾는다.

처음엔 벽과 싱크대 사이의 10㎜의 틈을 실리콘으로 메우는 것도 양심에 걸려 부담스러워했다.

나중에는 30㎜의 틈도 죄책감 없이 메우게 된다. 30㎜의 틈이라면 액상으로 된 실리콘이 흘러내리지 않을까? 아무리 점도가 있다고 해도 말이다.

'사람은 가장 가까운 곳에서 해결책을 찾는다.'

고심 끝에 찾은 해결책은 실리콘을 담은 박스의 골판지를 뜯는 것이었다. 먼지 자욱한 실리콘 박스의 골판지를 뜯어서 벽과 싱크대 사이에 끼워 넣는다.

찢겨진 골판지는 다른 말로는 '쓰레기'라고도 한다.

쓰레기라고 해도, 실리콘이 흘러내리지 않도록 하는 역할을 충분히 할 수 있다. 그렇게 30㎜의 틈을 메우고, 자신의 아이디어에 쾌재를 부른다.

해결하기 어려운 상황을 작은 아이디어로 해결했으니 말이다.

'어차피 건축기사들을 불러도 해결되지 않는 문제니까. 말한다고 벽을 뜯어 새로 시공할 것도 아니니까.'

다른 사람의 이야기가 아니다. 바로 내 이야기다.

여기서 이상한 점이 없는가?

어떻게 일개 가구회사 직원이 그런 행동을 할 수 있었을까? 현장의 아무도 나를 탓하지 않았기 때문이다.

그들의 목적은 건물을 제대로 짓는 것이 아니라. 공기(공사기간)를 단축하는 것이었다.

왜 그랬냐고 건축의 신이 내게 묻는다면, 나는 그들의 기대에 부응했다는 비겁한 변명을 하겠다. 공사를 제대로 했다고하면 상을 주지 않지만, 빨리 끝냈다고 하면 상여금을 준다. '나도 먹고 살아야 하지 않겠냐?'는 치졸한 변명을 하겠다. 주방 벽이 둥글게 휜 걸 내가 어쩌겠냐고 남의 탓을 하겠다.

내 변명은 끝없이 이어질 것이다.

싱크대 하나 가지고 뭘 그리 과대 해석하느냐고 나를 탓할 것인가?

댐이 무너지는 것이 폭격 때문일 것 같은가?

아니다.

쥐구멍에서부터 시작된다. 아무도 주의를 기울이지 않는 쥐구멍.

건축가의 도덕이 무너지면, 시공자들의 양심은 쓰레기통에 버려진다. 감독관의 정신이 해이한데 제대로 된 관리, 감독이 될 리가 있나!

부실시공은 시공자의 잘못을 따지기 이전에 그들을 제대로 관리하지 못한 감독자들의 썩어빠진 정신을 탓해야 한다.

둘에게 물었다.

"그게 그 시공자들의 잘못일까?"

"그럼 아닙까? 그런 비양심적인 사람들이……."

"그게 너야! 너고! 그리고 나야!"

아무도 아니라고 항변하지 않았다. 그 자리의 누구도.

방수에 탁월한 실리콘, 그 물질은 인간의 삶을 편리하게 만들었다. 인간의 탈을 쓴 범죄자들의 잘못을 감추기에도 편리하게 만들었다.

지나친 비약일지 모른다. 나만큼 미래를 확신할 수 있는 자!

내게 돌을 던져라.

"양심을 말하는 것이 아니야."

"그럼……."

"여기 어디에 건축가의 자부심이 있냐?"

"하지만 우리 잘못은 아니잖습까? 제가 그런 것도 아닌데 말임다."

한석의 말이 맞았다.

아직 우리는 잘못한 것이 없다. 아니, 나는 빼고 말이다.

그 작은 실리콘 덩어리 하나에!

천 년을 말하던 예술가의 자긍심을 벌레가 좀먹기 시작했다. 0.1㎜의 오차를 말하던 공학자의 자부심은 이미 공중분해 되었다.

손가락 하나가 들어갈 틈을 만들어놓고. 실리콘으로 눈가림하고는. 잘된 건물입네. 어깨를 펴고 있다.

그것이 공학자의 긍지인가? 그것이 예술가의 명예인가?

머나먼 미래의 어느 날.

석굴암 같은 돔을 만들면서 손가락, 아니, 주먹만큼의 틈새를 실리콘으로 귀신같이 숨겨놓으면 누가 알 것인가.

그것의 폐해는 언제 드러날지 모른다. 내일이 될지, 백 년 후가 될지. 책임질 이가 사라진 그때는 누구에게 따질 것인가.

건축은 정확해야 한다. 건축가의 도덕이 무너지면, 세상은 지옥이 된다. 만능 마감재인 실리콘에 마감을 의지하는 순간, 건축인의 정신에 실금 같은 틈새가 생긴다.

그 틈새는 어느샌가 발이 빠질 정도의 함정이 되었고, 나중에는 블랙홀이 되어 인류 전체를 끌어들일 것이다.

말도 안 되는 소리라고 치부하고 싶은가?

산증인이 여기 있다.

'나. 김성훈!'

"제대로 된 감독관이, 사명감 있는 감독관이 단 한 명이라도 현장에 존재했다면 삼풍백화점이 무너졌을까? 성수대교가 무너졌을까?"

민수와 한석은 이미 답을 알고 있을 것이다. 하지만 말하고 싶지 않을 뿐이다.

건축인의 잘못이 아니라고 말하고 싶을 것이다. 자신들의 잘못이 아니라고 말하고 싶을 것이다.

내가 그들에게 물었다.

"삼풍회장이 부실공사를 하라고 시켰을까? 건설교통부 장관이 부실공사를 지시했을까?"

이 두 개의 질문에도 아무도 대답하지 않았다.

'너무 뻔한 답은 대답할 가치도 없지!'

당연하다. 콘크리트의 물 비율이 얼마인지도 모르는 건축의 문외한들이다. 부실공사가 뭔지 알기나 하겠는가?

"민수야. 한석아."

"네, 형."

"네, 선배님."

"건축과에서 가장 먼저 가르쳐야 할 수업은 선긋기 스킬이나 창조적 건축이 아닐지도 몰라."

"그럼 뭘 가르침까?"

건축의 기초 중의 기초인 선긋기 말고 뭘 가르쳐야 할까?

"나도 몰라. 생각해 봐."

나는 이 자라나는 새싹들에게 차마 내 진심을 말할 수 없었다. 건축과에서 가르쳐야 할 첫 수업은 예술과 기술이 아니라 삼풍백화점 생지옥 체험이다. 왜 부실시공이 생지옥이 되는지 알아야. 저지르지 않게 된다.

그 사건은 전 국민적 모랄 해저드가 아니었다. 세상이 아무리 타락해도 건축인들의 정신만 바로 박혔다면 일어날 수 없는 사고였다.

그들에게 건축은 사명이 아니라 승진을 위한 도구였고 생계를 위한 직업일 뿐이었다. 건축인에게 건축이 언제든지 버릴 수 있는 것이었기에 일어난 당연한 일이었고 예측된 결과였다.

건축에서의 미필적 고의.

1994년 10월 21일 금요일 오전 7시 48분, 32명 사망, 17명 부상.

1995년 6월 29일 목요일 오후 5시 50분, 502명 사망, 6명 실종, 937명 부상.

성수대교 붕괴, 삼풍백화점 붕괴.

이 두 사건은 우리나라 건축인들이 국민 앞에 영원히 무릎을 꿇어야 할 죄이고. 두 번 다시 일어나지 말아야 할 생지옥이다.

'나 하나 정도는 괜찮겠지.'

'다른 사람이 알아서 했겠지.'

'내가 맡은 공구도 아닌데.'

'내 책임도 아닌데. 신경 끄자.'

이런 생각을 한 번도 해본 적 없는 사람이라면 내게 돌을 던져라. 그런 사람의 돌이라면 기꺼이 즐거움으로 맞아주겠다. 그런 돌이 산더미처럼 쌓인다면 나는 깔려 죽으면서도 웃을 수 있다.

"하지만 형. 그건 우리가 어떻게 할 수 있는 것이 아니잖아요."

"아니, 우리가 할 수 있는 일이고, 해야 하는 일이야."

"그래도 높은 사람이 움직여 주지 않으면 어쩔 수 없잖습까?"

당연한 말이었다. 돈이 주인인 자본주의 사회에서 돈 없이 되는 것은 아무것도 없다.

그럼 나는 어떻게 해야 하는가?

내가 건설사 사장이 될 확률은? 가능하다.

5,000억의 돈으로 할 수 없는 일이란 할 수 있는 것에 비해서 압도적으로 적을 테니.

하지만 그것은 내가 40이 되었을 때나 가능한 이야기였다.

"처음 일을 시작할 때부터 부실공사를 하겠다는 사람은

없어."

"누구라도 그렇겠죠. 초심이란 늘 그런 거니까요."

"하지만 돈은 바닷물과 같아. 마시면 마실수록 더 갈증 나니까."

사람은 제품을 따지지만, 돈은 효율성을 따진다.

하나를 얻으면 하나를 잃는다.

얻는 것을 효율성에 둘 때, 잃어버리는 것은 무엇인가?

반드시 그래야만 하는가? 그것이 인과율의 법칙인가?

'하나를 얻되, 나머지 하나를 잃지 않는 방법을 찾아야 하지!'

한석이 말했다.

"그럼 결국은 회사의 사장들이 잘못했다는 말씀 아니심까!"

이 말을 어떻게 해석하면 그런 식으로 연결이 되는 거냐?

모르긴 몰라도 지금 와 있는 귀빈이라는 사람도 어딘가의 사장일 텐데!

'이 녀석, 이렇게 눈치가 없었나?'

아니나 다를까, 슬쩍 뒤돌아보니 소장의 얼굴도 파랗게 질려 있었다.

"한석아. 거시기……."

어이가 없어서 벙찐 얼굴로 녀석을 보고 있는데, 녀석은 동의라고 생각했는지 소장의 말을 끊고 말했다.

"결국 사장들이 돈만 보고 욕심을 부리니까. 그 밑의 직원들도 똑같이 되는 거 아닙까?"

윗물이 흐리니 아랫물이 흐리다는 아주 단순한 논리로 상황을 정리해 버렸다.

그 말을 들은 귀빈 중의 비서로 보이는 이가 물었다.

"그게 어떻게 대표의 잘못이라고만 단정할 수 있나?"

'왜 이 사람은 또 갑자기 끼어드는 거지? 자기네 갈 길이나 갈 것이지.'

자기 사장이 하고 싶은 말을 대신하는 거겠지. 아마 현재 그룹과 연관이 있는 자들일 것이다. 전혀 상관없는 현장을 방문할 사람이 있을까?

그의 말에 한석이 대응했다.

"그럼 사장이 정확하게 지시하고, 현장을 둘러본다면 그런 일이 생길 거라 생각하심까?"

"이봐, 자네가 오너라고 한다면 수백 개의 현장을 한꺼번에 다 둘러볼 수 있나?"

그는 지극히 오너들을 대변하는 말을 하고 있었다.

"그건 아니지만 말임다."

"현장에서 똑바로 하지 않으니, 대표님들이 욕먹는 거 아닌가?"

"어허, 김 비서. 자네 오늘 왜 그러나?"

'이 사람이 왜 현장을 싸잡아서 욕하는 거지? 현장이 만만해 보이나? 혹시 이 기회에 자기 사장에게 잘 보이려는 건가?'

뭐가 되었든 맘에 들지 않았다.

🍃

사장은 당황스러웠다.

"어허. 김 비서 왜 그리 흥분……."

"죄송합니다. 이건 분명히 말을 해야 겠습니다. 오너들이 얼마나 사명감을 가지고 뛰어다니는지 알기는 아나?"

자신의 보스는 흔한 재벌 2세들처럼 자신의 위치만 믿고 제멋대로 행동하는 사람이 아니었다. 사장이 얼마나 현장을 위해서 동분서주하는지, 누구보다 잘 알고 있었다. 자신이 산증인 아니던가?

그런데도 나이도 어린 젊은 놈들에게 이런 식으로 취급받는다는 것을 참을 수가 없었다.

그 말에 한석이 발끈했다.

"그건 자기 돈 벌려고 뛰어다니는 거잖슴까. 그게 무슨 사명감임까?"

"뭐야……?"

"나 같아도 내 앞에 돈이 쌓이면 정신없이 돌아다닐검다. 쳇."

"어쨌거나 자네들 같은 기사들의 정신만 바로 박혀도 윗사람이 욕먹을 일은 없어!"

가만히 듣고 있던 성훈이 말했다.

"김 비서님의 말씀은 좀 한쪽으로 치우친 것 같습니다."

"그거 나도 인정을 하네만. 먼저 시작한 건 그쪽이야."

"쳇. 누가 엿들을 줄 알았습까? 킥!"

결국 성훈은 한석의 뒤통수에 응징을 가했다. 가만히 입 다물고 있으라는 경고의 눈빛도 잊지 않았다.

"물론 전적으로 책임자의 잘못이라고는 말할 수 없지만 그 책임을 현장 탓으로 돌린다는 것은 좀 과장돼 보입니다."

"물론 책임이 없다고는 하지 않았네. 완전 책임은 말이 안 된다는 거지. 그럼 이 나라의 잘못된 것은 모두 대통령의 탓이라는 건가?"

비서는 성훈의 말을 조목조목 따지면서 반박했다.

논리의 비약에 성훈은 짜증이 났다.

'누가 당신 탓을 했어? 한석이 녀석, 괜히 쓸데없는 말을 해가지고. 그래도 내 새끼는데, 내가 안 챙기면 어떡하냐!'

한석이 실없는 말을 해도, 악의가 있어서 하는 말이 아닌 것을 알고 있었다. 더군다나 이런 유의 말다툼은 이겨도 아무런 이득도 없는 감정싸움이 될 뿐이었다.

하지만 이미 시작된 이야기, 마무리는 지어야 할 것 아닌가?

"대표의 마인드가 확실하고, 그 아래로 내려가는 지침이 정확하다면 확실히 그런 비극은 줄어들겠죠."

"그래도 불규칙적으로 예상할 수 없는 일이 벌어지는 것이 현장이라네."

"그에 대한 상벌이 명확하고, 철저히 관리감독이 이뤄진다면 그래도 과연 같을까요?"

"대표라고 모든 것을 알 수는 없지 않겠나!"

"당연하겠지요. 하지만 확실히 개선은 되겠지요."

시간이 지나면 기사들과 시공자들의 의식구조도 선진화가 된다. 성훈도 알고 있지만 그 시기가 좀 더 빨라졌으면 하고 바랄 뿐이었다.

그러나 의식의 개혁이란, 위에서 스스로 시작하지 않으면 아무런 의미가 없었다. 자꾸 현장의 잘못이라고 말하는 통에 성훈도 감정적이 되었다.

"자신이 파는 제품이 이렇게 무책임하게 만들어지는 것을 안다면 과연 당당하게 '잘했네' 할 수 있을까요?"

"무책임이라니. 이 친구가 지금 누구 앞에서!"

"김 비서님께 드리는 말씀 아닙니다. 저분께 드리는 말씀도 아니고요. 불특정 인물에 대해서 드리는 말씀입니다만."

다시 흥분하는 비서를 말리며 사장이 말했다.

"맞는 말이야. 오너는 어떤 일에서건 책임에서 온전히 벗어날 수 없지."

한석이 '거봐요. 당신네 대장도 맞다잖아'라는 듯이 툴툴거렸다.

"그러지 말입다. 손발이 생각하고 움직이겠습까? 시키는 대로 하는 거지 말입다. 칫! 킄!"

"넌 왜 확대해석을 하고 있어? 이게 누구 한 사람에게 책임지울 수 있는 거야?"

"김 비서도 그만하게."

"죄송합니다, 사장님. 부끄러운 모습을 보였습니다."

"자네 마음 모르는 거 아니니. 그만하면 되었네."

비서의 어깨를 두드리며 그가 말했다.

"젊은 나이인 것 같은데."

"25살입니다."

"자넨 인부들에게 욕먹는 게 두렵지 않나?"

성훈도 흥분했었던 탓에 아직 목소리가 가라앉지 않았다.

"원래 감독은 욕먹는 자리입니다. 모든 사람을 만족시킬 수는 없잖습니까?"

사장이 고개를 끄덕였다.

현장의 인부들을 포함하면, 수만 명의 직원을 거느리며 그 정상에 군림하는 사람이었다. 과연 그 수만 명을 모두 만족시킬 수 있을까?

아니, 단 열 명의 회사라고 해도 그것은 마찬가지였다.

"그건 맞는 말이지. 하지만 욕먹고 싶지 않을 것 아닌가?"

성훈이 물었다. 아까부터 계속 따라왔으니 자신의 이야기를 들었을 것이라 추측했다.

"아까 이 친구들과 제가 하는 말을 들으셨습니까?"

"의도적인 건 아니지만 듣게 되었다네. 가는 길이 겹쳐서 말이야. 큼큼.”

“집을 짓기 위해 사람들을 모은 겁니다. 그럼 적어도 집에 사는 사람들에게는 욕을 먹지 말아야 할 것 아닙니까? 직원들에게는 욕을 먹더라도, 고객들에게는 욕을 먹지 않겠다. 그렇습니다. 팔려고 내놓은 집이 부끄러워서야 건축인이라고 말할 수 있겠습니까?”

“그렇게 되지 않으려고 노력하는 사람도 있다는 걸 알아주게나.”

“네, 알겠습니다. 혹시라도 불쾌하셨다면 사과드리겠습니다.”

한석을 바라보며 말했다.

“너도!”

“일부러 그런 건 아니었슴다. 죄송함다.”

“아닐세. 오히려 젊은 혈기가 부럽구만. 김 비서. 가지.”

더 이상 현장을 둘러볼 분위기가 아닌 듯하자 그는 작별 인사를 했다.

“소장님, 현장 잘 봤습니다. 그럼 다음에 뵙겠습니다.”

소장의 머리에 퍼뜩 떠오른 생각은 장 실장의 엄포였다.

'불편했다는 말이 들리면, 아시죠!'

“아이고, 요로코롬 가시믄 안 된당께요. 우짜쓰까잉. 우짜쓰까잉.”

그들의 간다는 말에 성훈도 무뚝뚝하게 인사를 했다.

"그럼 안녕히 가십시오."

기분 좋게 작별을 고할 상태가 아니었다.

성훈이 뒤를 보며 말했다.

"어깨 펴!"

자기도 모르게 주눅이 든 민수와 한석이었다.

"높은 사람이 왔다고 해서 지휘관들이 주눅 들면 제대로 된 관리 감독을 어떻게 하겠어?"

"네, 형!"

"네, 선배님!"

"이래도 욕먹고, 저래도 욕먹어! 어차피 욕먹을 거, 당당하게 먹어! 그깟 욕 좀 먹는다고 죽지 않아!"

성훈의 목소리에서 자신도 모르게 감정적인 어투가 나왔다.

"성훈 씨, 뭐 그리 흥분했당가! 좀 가라앉히쇼잉. 저그 봐. 현장 사람들 다 긴장했잖여."

소장이 주변에 모여든 인부들에게 소리쳤다.

"아무 일도 아닝게, 언능 가서 일 보랑께. 쌈난 거 아닝게. 언능 안 가!"

소장이 성훈에게 물었다.

"누군지는 알고 그런 겨?"

"모르죠. 현재 어딘가의 높은 분이겠죠."

"장 실장이 높은 분잉께 잘하라고 연통이 왔당께. 현재건설 사장님이믄 어칼라고 그란디야?"

"흥. 현재 말고는 갈 데가 없나요? 세상에 널린 데가 건설 산데."

"아따. 다 들리겄구만. 그려도 한국에서는 현재만 헌디가 없당께."

"뭐. 없으면 외국으로 나가죠."

"고 입 좀 다물랑께. 민수허고 한석이는 뭐한다냐. 언능 사무실로 델고 들어가잖구."

"소장님은요?"

들어가라고 등 떠미는 소장에게 민수가 물었다.

"나는 쪼까 볼일이 있당께. 언능 안 드가고 뭐한당가."

소장이 귀빈들을 뒤쫓아 걸음을 재촉했다.

오늘 내 눈앞의 상대가 누구인지 나는 몰랐다.

현생으로 돌아온 후에, 거칠 것 없이 하고자 하는 바를 하며 살아왔지만 눈앞의 남자는 긴장되는 상대였다. 굳이 소장이나 비서의 태도가 아니라도 알 수 있었다.

뿜어 나오는 아우라가 그랬다. 충분히 잘난 척할 수 있는 사람일 텐데도, 그렇지 않은 태도가 그러했다.

'당당하다는 거지.'

잘난 척하지 않아도 사람들이 우러러보는데, 잘난 척할 이유가 없는 사람으로 보였다.

행동에서 그런 면면이 보였다. 스스로의 잘남을 뽐내고, 드러내 보이려고 하는 자는 잔챙이다.

심해의 고래는 뽐내지 않는다. 아무도 그의 존재를 모른다. 그러나 모습을 드러내면 모두가 알아서 물러선다. 그것이 사나운 포식자 상어가 되었든 무법자 범고래가 되었든.

설령 먹지 않는다고 하더라도, 한입거리도 안 되는 잔챙이에게 잘 보이려 애쓰는 고래는 없으니까.

높은 사람에게 찍히면 어떡하냐고?

'흥. 더 높은 사람이 되어버릴 테다.'

내 머리 속에 생각지도 못한, 유치한 대답이 튀어나왔다. 풋!

사장을 태우고, 비서도 막 차에 타려는 참이었다.

소장이 비서를 붙들었다.

"저그…… 거시기……."

그렇지 않아도 기분이 별로인데, 소장까지 답답하니 비서는 짜증이 났다.

"뭡니까?"

소장은 어쨌거나 마무리를 잘 지어야 했다.

지금 소장의 머리를 맴도는 것은 장 실장의 엄포였다.

'불편했다는 말이 들리면 아시죠! 아시죠! 아시죠!'

장 실장의 목소리가 뇌리 속을 메아리치고 있었다.

"불편하셨다믄 죄송하당께요."

머리를 숙이며 사과를 했다.

뒷좌석의 차창이 내려갔다. 사장의 얼굴이 보였다.

"불편한 거 없었으니 신경 쓰지 않으셔도 됩니다."

"그려도. 거시기……."

"오늘 일에 대해서는 절대 함구해 주십시오. 저도 아무 말 하지 않을 테니."

'높은 사람잉게 저가 한 말은 지키겄제.' 하는 생각에 소장은 마음이 놓였다.

"아이구. 그라믄 감사하지라."

몇 번이나 꾸벅이며 인사를 해댔다.

사장이 차창을 올리려던 찰나. 소장이 그를 보며 말했다.

"저그…… 거시기……."

비서의 짜증난 목소리가 터져 나왔다.

"이번엔 또 뭡니까?"

"거시기. 사장님께서 여쭤보시지는 않았는디 말이지라. 쪼까 드리고 싶은 말씀이……."

비서에게는 어지간히 노이로제가 있는 소장이었다.

"이젠 됐으니 그냥 말씀하세요."

"몰딩 말이지라."

"몰딩! 그게 왜요?"

소장은 주머니에서 명함을 꺼내 사장에게 두 손으로 바쳤다.

"월매든지 맨글 수 있응께로. 필요하신 수량맨큼 연락 주시랑께요."

소장은 그만의 사명감으로 영업을 완료했다.

🍂

올라가는 차 안이었다.

잠시 창밖을 보며 생각에 잠겨 있던 사장이 말했다.

"누가 만들었는지 알아봐!"

"물딩 말입니까? 저작권을 사시게요?"

'착' 하면 '척' 하고 알아들으니 말하기 좋다.

"흥. 저작권도 저작권이지만 만든 놈을 데려와야 진짜 남는 장사지."

비서가 소장의 명함을 집어 들었다.

잠시 후 비서가 말했다.

"아까 그놈이 만들었답니다."

"놈? 어떤 놈?"

"사장님께 안전모 쓰라고 했던 건방진 감리 놈 말입니다."

"그래?"

사장도 이 대답에는 약간 의외인 듯했다.

비서가 말을 덧붙였다.

"같이 있던 녀석 중에 민수라는 친구도 함께했다고는 하지만, 주도적인 역할은 그놈이 했다고 합니다. 건방진 놈! 어디 감히 사장님께."

아까의 감정이 남은 듯 비서의 목소리가 날카로웠다.

'엄밀히 말하면 나한테 그런 건 아니었어. 자네가 과민 반응한 것뿐이야.'

사장의 입에서는 마음속 말 대신 다른 말이 나왔다.

"김 비서! 아까 안전모 건은 미안했어. 내가 깜빡한 거야."

"네, 그렇게 믿으려고 하고 있습니다."

"내가 자네랑 한 세월이 10년이야. 설마 그랬겠어."

'크흑! 덕분에 저만…… 배신감에…….'

"사장님은 화도 안 나십니까?"

"왜 내가 화가 나야 하는데."

"글쎄, 놈이 건방지게도 회사 대표를 욕하지 않았습니까?"

"어떤 놈? 그놈? 안전모?"

"네!"

"그놈은 내 욕한 적 없는데? 제 입으로 그랬잖나. 불특정 인물이라고. 그게 난가?"

"그건 아니지만……."

"자네가 과민 반응한 거야. 난 기분 나쁜 거 없었어."

"그러셨다면 그냥 넘기겠습니다. 죄송합니다."

"아냐. 아냐. 자네가 그 불특정 누군가를 편 들어줘서 기분은 좋았어."

"네?"

"거긴 아무도 편 들어줄 사람이 없었잖나."

"네."

"녀석의 말이 틀린 건 아닌데, 기분은 별로였거든."

사장이 물었다.

"이번 쿠웨이트 현장에 천장몰딩이 얼마나 들어가지?"

"5톤 정도 들어갈 거라 예상됩니다."

"개당 500g 조금 안 되니까……."

"대략 만 개가 약간 넘게 들어가는군요. 천장몰딩만 말입니다."

"자네 보기엔 어땠어."

"아! 몰딩 말씀이시군요. 은은하니 신비로운 문양이 눈길을 사로잡더군요."

불쾌한 감정은 있어도 판단은 정확했다.

"홋. 그거 말야. 아르누보랑 전통문양이랑 교묘하게 섞은 거야."

비서가 된 이후로 사장의 코웃음을 본 적은 손에 꼽을 정도였다. 그가 기분 좋을 때만 나오는 습관이었다. 사장 자신은 몰랐지만.

"그런데 그게 그렇게 맘에 드십니까? 디자인 팀에 말해서 만들어 보라고 할까요?"

"아냐. 됐어. 우리 애들 아무리 쪼아도, 그런 건 안 나와. 10년 후에도 겨우 나올까 말까 하는 디자인이야."

사장이 확신한다면 그럴 것이다. 미래를 정확히 예측하며 사업을 했기에 무리 없이 건설사업을 키울 수 있었다.

사장이 말을 이었다.

"디자인 팀이 매달린 시간만 2년이야. 나올 거면 벌써 나왔겠지."

"그럼······."

사장이 결정을 내렸다.

"좋아! 그 몰딩 샘플 구해서 김 이사한테 보내."

"그것만 말입니까?"

"아니. 녀석들에게 다른 패턴도 내놓으라고 해. 얼마든지 사줄 테니까!"

"그런 패턴이 또 있을까요?"

"훗. 안전모 녀석에게 물어봐. 그 패턴 하나만 디자인하지는 않았을 거야. 분명히."

"그런데 왜 그 패턴 하나밖에 제작하지 않았을까요?"

"무슨 사정이 있겠지. 내가 보기엔 녀석은 자기가 필요한 것만 만든 거야."

"그럼······."

"다른 곳에 쓰려고 몇 개 더 만들어 뒀을 거야. 확실해!"

"하지만 한 사람이 만들었으니 느낌이 비슷할 겁니다. 그러면 압둘이 뭐라고 하지 않을까요?"

"어차피 한 건물에 여러 가지 패턴을 넣는다는 것도 웃긴 거지. 통일성이 없어질 테니. 압둘한테 보여주고, 몰딩이란 몰딩은 이 스타일로 가자고 밀어."

"마루부터 문선몰딩까지 몽땅요? 패턴이 꽤나 길어서 로스가 많은 것 같던데, 압둘이 하려고 할까요?"

사장이 코웃음 쳤다.

"훗. 로스? 그런 건 서민들 아파트 지을 때나 나오는 소리야. 압둘 왕자 맘에 들면 돈 생각 하겠어?"

로스의 절감은 돈을 절약하기 위한 것이다. 갑부에게는 해당사항이 없는 단어였다.

"네, 바로 조치하겠습니다."

지시를 끝낸 사장은 좌석에 기대어 생각에 잠겼다.

'흐흐. 독일과 프랑스에서 유학을 한 압둘 왕자라면 그것의 진가를 알 테지. 게다가 밤에 어떤 모습인지 알게 된다면…… 환호할 모습이 눈에 선하군.'

잊은 것이 있었던 모양이다. 사장의 말이 이어졌다.

"그리고……."

"네, 사장님!"

"얼마가 되었든 우리가 구입한 단가에 3배 부르라고 해."

"네? 그건 너무 모험이……."

"일단 지르고 나서 2.5까지 네고해 준다고 해. 그래도 압둘은 살 거야."

사장이 확신하는 경우는 흔치 않았다. 그리고 그 확신은 언제나 결과로 나타났다.

이제 서울에 거의 다다랐다.

사장이 피식 코웃음 쳤다. 아직도 그 몰딩을 생각하고 있었던 것인가?

"훗. 어린 녀석들이 장난을 많이 쳤더군. 흥미로워."

"장난이라니 무슨 말씀이십니까?"

"생각해 보니 문양을 파고 도장을 칠한 게 아니야. 도장을 먼저 하고, 문양을 파낸 거지."

"아, 그래서 문양의 색깔에서 미세한 차이가 났었군요."

"그런 거지. 그래서 빛이 없으면 은은한 문양만 남지. 그 상태에서 빛을 받으면, 그 미세한 차이가 확연히 드러나. 목재에 대해서 잘 알지 못하면 절대로 칠 수 없는 장난이지. 대담하지 않나? 젊은 녀석들이."

비서가 전화기를 내밀었다.

"사장님, 사우디 황 이사 연결되었습니다."

"황 이사. 실리콘 없이는 마감이 어렵겠나?"

-네, 사장님. 실리콘 없이는 완벽한 마감이 불가능합니다.

순간 사장의 가슴이 답답해졌다.

뜨거운 뭔가가 가슴을 꽉 채우고 치밀어 오르는 것 같았다.

"자네, 올해로 몇인가?"

-오십입니다.

'자네 나이 반절도 안 되는 그놈은 실리콘 안 쓰겠다고 현

장 인부들을 쥐 잡듯 잡으면서 그 난리를 치는데, 뭣이 어쩌고 어째!'

비서가 긴장했다.

평온한 목소리임에도 불구하고, 사장의 눈가가 꿈틀거리는 것을 본 탓이다. 비서가 속삭이듯 말했다. 황 이사가 듣지 못할 정도로 작았다.

"사장님, 진정하시지요."

사장이 비서의 말을 듣고, 잠시 수화기를 떼고 크게 심호흡을 했다.

"후!"

다시 통화를 이어갔다.

"그래, 이해하네. 자네도 그 나이에 현장 인부들에게 욕먹고 싶지 않겠지."

-네, 무슨 말씀이십니까? 사장님.

"아닐세. 일단 사우디 건 잘 마무리하고 들어오게. 수고함세."

-네. 알겠습니다. 한국에서 뵙겠습니다.

통화가 끝났다.

"사장님, 잘 참으셨습니다."

"그래, 알아. 더운데 고생이 많겠지."

"오늘 보신 거 그대로 말씀하셨다면 황 이사도 자존심이 많이 상했을 겁니다."

10년을 넘게 일하며 자신의 마음을 꿰뚫듯이 보고 있는 비서였다. 한솥밥을 먹으며 한 침대에서 잠을 자며 현장을 뛰어다녔다. 그럼에도 한결같이 수발을 들며 변치 않는 충성을 보여주는 사람이었다.

이런 자를 어찌 미워할 수 있겠는가?

"조만간 날 잡아서 부장급 이상 다 집합시켜."

"네, 알겠습니다. 기숙사 쪽에도 일정을 잡을까요?"

사장이 빙긋이 웃었다.

"자네 덕에 내가 한 번 웃네. 고마우이. 그렇게 스케줄을 잡아봐."

"알겠습니다. 사장님!"

사장이 부하들을 모으는 이유가 뭐겠는가? 다들 바쁜 사람들인데 말이다.

이유는 하나뿐이었다.

보여주고 경각심을 일깨우는 것!

"홋. 젊은 놈에게 한 방 먹었어."

"그러게나 말입니다. 다음에는 반드시…… 크."

"자네 말고 나 말이야."

"네?"

"아냐. 그런 게 있어. 올라가면 이사회 소집해야겠어."

"네, 알겠습니다. 그렇게 조치하겠습니다."

"부르면 올 거 같아?"

"그놈 말입니까?"

"그래, 그놈!"

"와도 안 반갑습니다. 건방진 놈!"

"싸움을 한 친구는 다른 사람이지 않나?"

"그 녀석이야 아무 생각 없는 놈이고 말입니다."

"그런데 왜 안전모 친구가 더 싫은가?"

"때리는 시어미보다 말리는 시누가 더 밉다고 하잖습니까!"

'이번에는 꽤 오래 가네.'

김 비서야말로 언제나 자신의 마음을 최우선으로 하며 움직이던 충신이 아니던가.

'이걸 어떻게 풀어준다?'

사장이라고 특별한 능력이 있을까? 똑같은 사람인데.

'시간이 해결해 주겠지. 쯧쯧.'

"그 친구에게서 눈만 떼지 마. 어디로 튈지 모르는 녀석 같으니까."

"네, 알겠습니다. 제가 무슨 수를 쓰든 꼭 데리고 오겠습니다."

"웬일이야?"

"두고두고 괴롭혀야 속이 시원할 것 같습니다."

"허허허. 사람 참. 맘대로 해."

'데리고 올 수만 있으면⋯⋯.'

사장은 어두운 창을 보며 생각에 잠겼다.

밤늦은 시각.

현재건설 서울 본사에 도착했다.

사장이 차에서 내렸고, 통화를 마친 비서가 말했다.

"이사진들 모두에게 소집명령을 내렸습니다."

"30분 후에 내 방으로 오라고 해!"

"네, 조치하겠습니다. 수고하셨습니다."

30분 후 사장실.

이사진 중 한 명이 말했다.

"그럼 사장님 말씀은 현장을 일일이 확인하라는 말씀이십니까?"

다른 이사들의 우려도 퍼져 나왔다.

"사장님, 그러면 현장 소장들이 불편해할 겁니다."

당연한 말이었다.

현장에서 왕처럼 지내고 있는데, 자신보다 상급자가 방문하는 것을 누가 좋아할 텐가?

"최 이사 말은, 소장들한테 욕먹기 싫다 그거지?"

"그야 당연한 거 아닙니까? 그 친구들도 경력이 있는데 말이지요."

"훗. 그렇지. 그렇지."

"그런 말씀이지요. 허허."

"훗. 나한테 욕먹는 건 괜찮고, 부하들한테 욕먹기는 싫다?"

이사들의 얼굴이 사색이 되었다.

사장의 눈가가 꿈틀거렸다.

이사들이 긴장했다. 저 표정은 폭발하기 직전의 모습이었다.

"내가 오늘 어디 갔다 온 줄 알아!"

사장의 분노한 목소리가 쩌렁쩌렁 울려 퍼졌다. 간부들의 얼굴은 파리하게 사색이 되었다.

"소장님."

"어, 왜? 타일 박 부장 왔어?"

의자를 뒤로 눕힌 채 용건을 물었다.

어제는 창호회사의 정 부장과 밤새도록 달렸다.

그는 접대가 무엇인지 아는 사내였다. 소장의 양옆에 아리따운 아가씨 둘을 붙여주고, 그는 신나게 노래를 열창했다. 진정으로 갑을 대접할 줄 아는 영업맨이었다.

이 자리에 앉기까지 걸린 시간 20년!

그 성질 개 같다는 최 이사의 발바닥을 핥아가며 얻은 자리였다.

'이런 자린 줄 알았으면 진작 핥을걸!'

지난날의 어려움은 설탕 녹듯 녹아버린다는 생각들 정도로 달콤한 자리였다.

'인내는 쓰지만, 열매는 달지!'

때마다 들어오는 상납금, 아니, 떡값!

매달 통장에 꽂히는 월급은 말 그대로 용돈이었다.

마누라에게 주는 용돈!

일 년만 소장 자리에 있으면 서울 변두리에 아파트 한 채 사는 건 아무것도 아니었다.

'아파트 공사가 어디 일 년만 하냐! 크크크.'

이대로 이 자리 잘 보존하고, 다음 현장에서 다시 소장 자리만 따내면 된다.

IMF라서 잠시 주춤했지만, 건설경기가 죽으면 다른 것도 죽기에 나라에서 포기할 수 없는 사업이었다.

'불경기, 불경기 노래를 부르지만 그건 남의 얘기지.'

이제 공사가 끝나가니 다시 최 이사한테 비벼볼까?

어제의 여운이 아직도 남아 있었다.

'얼마나 마셨는지, 필름이 다 끊겼네.'

그래도 그 처자들은 예뻤지. 흐흐.

힐끗 쳐다보니 공사과장의 얼굴이 노랬다.

'저 자식이 뭘 잘못 처먹었나? 왜 저래?'

"아, 왜?"

즉문즉답하지 않으면 짜증을 낸다는 것을 알면서도 과장

은 말을 머뭇거렸다.

"그게……."

"왜! 어떤 새끼가 왔는데?"

과장 뒤로 안전모를 뒤집어쓴 익숙한 얼굴이 보였다.

"이 새끼가 왔다. 씨벌놈아!"

꿈에 볼까 두려운 그 사람이었다.

소장이 누운 자세에서 벌떡 일어나려다가 뒤로 자빠졌다.

콰당탕!

중역용의자가 옆으로 튕겨나가 나뒹굴었다.

"큭. 이, 이사님! 어쩐 일로……."

현장의 왕, 소장의 말끝이 흔들렸다.

최 이사는 정장차림도 아니고, 작업복 차림이었다.

'대체 뭔 바람이 불어서?'

최 이사의 말을 짧았다.

"나와!"

"네! 이사님."

언제 술 취했었냐는 듯 갓 입대한 신병의 몸놀림으로 소장실 밖으로 튀어 나갔다. 소장실 밖에는 매일 보는 얼굴들이 굳은 채 책상에 자리하고 있었다.

'휴. 다행이네. 빠진 놈은 없네.'

매일 아침 점호를 빠뜨리지 않은 보람이 있었다. 20년째 이어오는 습관이었다. 밤새 술을 달리는 한이 있어도, 아침

점호는 반드시 한다. 새벽 5시까지 술을 마셔도, 5시 반이 되면 자동적으로 잠이 깨는 그였다. 알람은 그 자신이었다.

최 이사가 말했다.

"전원 기상!"

그의 말은 나지막했지만 한 치의 오차도 없이 '상' 자에 한 동작처럼 30명 전원이 일어났다.

"정 소장아."

"네, 이사님!"

"현장 좋지?"

실실 웃으며 물어보는 최 이사의 말이었지만, 정 소장의 등에는 소름이 쫙 끼쳤다.

"저……."

그의 말에 최 이사가 느긋한 걸음으로 다가왔다.

신장 160㎝의 단신이었지만, 그 압박감이란……!

소장에게 다가오던 그가 안전모의 클립을 풀었다.

딸칵!

"저, 최 이사님!"

언제나 당당하던 소장의 입가에 비굴한 웃음이 걸렸다.

처음 겪는 살벌한 분위기에, 긴장한 신입이 작은 소리로 물었다.

"김 대리님! 소장님 왜 저러세요?"

"쉿. 아무 말도 하지 마!"

"네."

그의 궁금증을 김 대리가 풀어주었다.

"최 이사님 별명이 미친개다. 거기까지만 알고 있어."

"네?"

신참의 물음표가 끊어지기 바쁘게 최 이사의 불호령이 떨어졌다.

"어떤 새끼야?"

으르렁거리며 현장을 둘러보았지만 그의 눈에 걸리는 것은 굳은 듯한 얼굴들뿐이었다.

"전부 대가리 박앗!"

비인간적인 명령에 응당 저항할 만도 하지 않은가?

신성한 현장이 1970년대 군대도 아니고 무슨!

그러나 아무도 저항하지 않았다.

사사삭–

옷깃 접히는 소리만이 들렸고, 전원 원산폭격 자세가 되었다. 상황도 모른 채 콧소리를 흥얼거리면서 청소하러 들어오던 아주머니도 얼굴이 굳었다.

이내 상황을 파악하고는 아줌마도 그 자세를 취했다.

하늘같은 소장도 '대가리 박아'를 하고 있었으니 오죽했으랴!

침묵이 감도는 가운데.

"정 소장. 기상."

사사삭—

"헉헉. 흡!"

탁! 탁! 탁!

클립을 제거한 안전모를 들고 최 이사가 다가오고 있었다.

목을 우두둑 돌리며 말했다.

"마이 컸네. 우리 막둥이."

신장 190㎝의 소장이다. 그 체중만 130㎏이 넘는 거구였다. 고작 5살 차이이니, 언제 최 이사보다 작았던 적이 있었을까? 최 이사, 아니, 20년 전 최 대리를 처음 볼 때부터 컸었다.

소장이 비굴하게 말했다.

"이사님……."

"아, 씨발. 존나 마이 컸네. 대꾸도 할 줄 알고."

"……."

"애새끼. 똥오줌 못 가릴 때부터 키워놨더니, 휴……."

소장의 신장이 점점 작아졌다.

'아, 씨발. 또 맞아야 돼? 명색이 소장인데?'

저항해 봐야 소용없다. 자기 선에서 끝내는 게 최선이었다. 바로 위 선임 박 부장까지 가면, 따블로 얻어터진다. 눈앞의 최 이사는 박 부장의 사수였다.

박 부장에게 대갈통 까인 적이 5년 전이었다.

정 소장의 무릎이 바닥에 닿았다.

빡!

"내가!"

"윽!"

"이 새끼야! 어제! 사장님한테! 이 새끼! 저 새끼! 소리를! 들었다!"

빡! 빡! 빡! 빡! 빡! 빡! 빡!

정확히 8방의 타격음이 들렸다.

소장은 신음 소리도 내지 못했다.

"현장에! 있는! 새끼들이! 안전모를! 개떡같이! 쓰고! 다니! 더라!"

쿵!

피 묻은 안전모가 바닥을 뒹굴었다.

'아직 업무 시작 전입니다'라고 항변해 봤자 날아오는 것은 뻔했다.

최 이사가 아무 의자에나 털썩 앉았다.

"정 소장아."

"네! 이사님!"

"우리 제대로 하자."

"네! 이사님!"

🍀

"야! 주워 와."

공사과장이 안전모를 주워다가 이사에게 바쳤다.

"이사님, 여기 안전모. 윽!"

공사과장이 정강이를 움켜쥐고, 그 자리에 주저앉았다.

"야이, 씨발. 안전모 소리도 하지 마라!"

"어떤 개새낀지 몰라도, '안전모' 그 새끼는 내가 씹어 먹는다. 으득!"

안전모에 한이라도 맺힌 것인지 뜻 모를 소리가 어금니에서 흘러나왔다.

"에라이!"

최 이사가 울분에 찬 소리를 내뱉으며 안전모를 바닥에 내리찍었다. 그리고 의자에서 일어섰다.

"간다. 내일 보자."

소장이 최 이사를 배웅했다.

머리가 땅에 닿도록 허리를 숙였다.

최 이사의 차가 모퉁이를 돌아 보이지 않을 때까지. 허리를 편 소장이 사무실로 무표정하게 들어갔다. 현장의 모든 직원이 그를 따랐다. 그러나 아무도 말이 없었다.

소장의 눈에 아까 최 이사가 앉아 있던 의자가 보였다.

콰당탕!

소장의 발길에 채인 의자가 사무실을 나뒹굴었다. 또다시 소장의 눈에 피 묻은 안전모가 보였다.

"젠장!"

울분에 가득 찬 소장의 발바닥이 안전모를 밟았다.

돌덩이에도 부서지지 않는 안전모였건만.

꽈드득!

소리와 함께 산산조각 나버렸다.

다른 의자에 털썩 앉은 소장이 손을 내밀었다.

공사과장이 잽싸게 그의 검지와 중지 사이에 담배를 끼우고, 불을 붙였다.

과장이 수건을 내밀었지만 소장은 손을 휘휘 저었다.

"후!"

피투성이 소장이 긴 한숨을 내뱉었다.

'금연'이라는 피처럼 붉은 글자가 사무실 한편에 붙어 있다.

냉막한 사무실에 뿌연 담배 연기가 퍼져 나갔다.

소장이 말했다.

"재밌었지?"

현장은 언제나 바쁘다.

전쟁이 일어나도, 잠은 현장에서 잔다. 20년 경력의 차 소장의 소신이었다.

도둑은 소리 없이 오고, 고참은 도둑보다 은밀하다!

"드르렁. 드르렁. 쿨. 쿨."

어젯밤. 현장 직원들과의 회식을 끝내고, 소장실에 비치된 간이침대에서 잠을 자고 있었다.

오늘 마루 사장들과의 면담이 있는 날이었다. 3,000세대가 넘는 현장이니, 한 업체에서 처리할 물량이 아니었다.

국내에서 난다 긴다 하는 마루업체 3곳에서 분할 수주했다.

'빈손으로 오는 미친놈은 없겠지. 음냐!'

이만하면 '갑 오브 더 갑'이 아니던가!

시공업체의 갑, 마루업체, 마루업체의 갑, 기사들. 기사들의 갑, 현.장.소.장!

'누가 감히 날 건드려! 크하하. 흠냐!'

오늘의 불로소득을 생각하니 꿈조차도 달콤했다.

공무과장이 문을 박차고 들어왔다.

"소장님! 큰일 났습니다."

"흠냐. 웬 소란이야! 왜? 전쟁 났어?"

"곽 이사님이 현장에 들어오셨답니다."

차 소장이 스프링처럼 튕겨져 일어났다.

"왜? 무슨 일로 오셨대? 여긴 왜 안 오시고?"

경황없는 와중에도, 허둥지둥 작업복을 챙겨 입고, 안전모를 뒤집어썼다.

"모르겠습니다. 그냥 현장을 둘러보신다면서 들어가셨습니다."

"뭐? 말렸어야지!"

말이 안 된다는 것을 알면서도, 그는 고함을 버럭 질렀다.

소장보다 몇 직급이나 위의 사람이 현장에 들어간다는데, 무슨 수로 말릴 것인가?

"어디 계시는데?"

소장 책상의 무전기가 치칙거렸다.

나긋나긋한 목소리였다.

−치직치직! 차 소장. 잘 잤나?

허둥지둥하던 소장이 그의 말이 끝나기도 전에 무전기를 잡았다.

"아닙니다. 이사님! 업무 중이었습니다."

−치직. 업무? 지랄을 하세요. 응? 몇 신 줄은 아냐?

"그게……."

너무 당황해서 시계를 볼 생각도 못 했다.

−치직. 6시 2분이다.

"네, 맞습니다. 이사님."

−여기 103동 502호다. 3분 준다.

무전기의 착신음이 끊겼다.

"아, 씨발. 조또!"

103동 502호!

현장 중에 제일 외곽!

현장사무실에서 가장 먼 곳이었다.

'3,000세대 중에 하필이면 거기냐!'

사무실을 뛰쳐나간 차 소장이 비명을 질렀다.

"현장 직원 전부 103동 502호로 집합! 2분 준다."

해가 막 뜰 시간, 6시 2분이었다.

6시 5분. 가까스로 그 장소에 도착했다.

시계를 보고 있던 곽 이사가 나긋한 목소리로 말했다.

"아이고, 차 소장님. 오셨습니까?"

환하게 웃는 얼굴이었다.

그리고 그 뒤의 수행원에게 말했다.

"문 닫아. 지금부터 뒤에 오는 새끼들은 전부 대가리박고 있으라 그러세요."

"네, 이사님!"

30명의 직원 중에 고작 6명이 도착했을 뿐이다.

사막의 여우라 불리는 곽 이사였다. 사우디 현장에서 닳고 닳은 베테랑이었다.

"자네 이름이 뭐지?"

"김.경.호. 직급은 차장입니다!"

군대에서 그랬듯이 관등성명을 대며 힘차게 소리쳤다.

"자네가 일등이야."

여우처럼 찢어진 눈이 소장을 향했다.

소장의 얼굴이 굳었다.

"쯧쯧. 소장이나 돼가지고. 쯧쯧."

이사의 다른 수행원이 굴러다니던 양동이를 하나 가지고

왔다.

"이사님! 여기."

그가 욕실 앞에 양동이를 뒤집어 놓았다.

이사가 그 위에 걸터앉았다.

"까!"

"네?"

영문을 모르는 김 차장이 눈알을 굴렸다.

"까라고!"

"네? 무슨 말씀이신지."

김 차장을 뒤로 한 채, 곽 이사는 부동자세로 서 있는 차 소장 앞에 섰다.

느닷없이 그의 정강이를 깠다.

"으윽!"

"이거 봐라. 이거 봐라. 비명 나오지."

여전히 나긋나긋한 목소리였다.

"어젯밤에 서 전무님 알래스카로 발령 난 거 아나?"

알 리가 없었다. 하루도 아니고, 몇 시간 만에 전격적으로 벌어진 발령이었으니.

"……."

"왜 그런지 짐작도 안 가지?"

"크으윽!"

"쯧쯧. 군기 빠져 가지고. 비명이 나오지."

삼 년 만에 까여보는 정강이지만, 그 고통은 어제도 당한
듯 생생했다.

곽 이사의 정강이 스킬은 아직도 최상품이었다.

인상이 절로 찌푸려졌으나, 지금 상황에서는 매를 부를 뿐
이었다.

극기의 인내심으로 참았다.

"'안전모'라는 씨발 놈이 사장님한테 무슨 소리를 했는지
모르겠는데……."

"……."

"어제 사장님 댁에 욕조 뜯고는 알래스카로 발령받았다.
왜 그런지 알아?"

"잘 모르…… 윽!"

"쯧쯧. 현장에서 이리 배때지 부르게 있는데, 알 리가 있나?"

차 소장의 통통한 뱃살을 쥐고 이리저리 쥐어뜯었다.

"으으……."

소장의 입에서 신음이 흘러나왔다.

"곰팡이가 슬어 있더란다."

"……."

말하면 맞으니 가만히 있는 게 상책이었다.

알아도 모른 척, 모르면 입 다물고!

직장생활의 기본이 아니던가?

"욕조 안에……. 타일이랑 실리콘 껍데기가 들어 있더란다."

곽 이사가 뒤돌아보며 버럭 소리 질렀다.

"안 까고 뭐해? 새끼야!"

그제야 욕조를 말하는 걸 알고는, 허겁지겁 김 차장이 욕조 실리콘에 칼질을 해댔다.

누가 그걸 뜯으라고 하면 그랬을 것이다.

'미친 놈 아냐! 다 시공된 걸 왜 뜯어? 또라이냐!'

한껏 비웃음을 날렸을 것이다.

그러나 그는 아무 말 없이 실리콘을 잘라냈다. 칼을 쥔 그의 손끝이 미세하게 떨렸다. 사장의 집에 실리콘 껍데기가 들어 있었다면, 이 안에는 뭐가 들어 있을 것인가?

'내가 욕조 설치할 때, 점검한 적이 있었던가?'

기억이 있을 리가 없다. 해본 적이 없었으니!

'좆됐다. 씨발!'

곽 이사가 말했다.

"소장이라는 새끼가 현장을 똥밭으로 만들어놓고, 잠이 오지!"

"윽."

"차 소장. 나도 알래스카로 보내고 싶지?"

이미 양쪽을 십여 차례씩 까인 정강이가 부들부들 떨렸다.

"아닙니다. 이사님!"

"나는…… 절대로 혼자 안 간다."

그 소리를 듣는 차 소장의 오금이 저렸다.

왜 알래스카라는 말이 지옥으로 들렸을까? 길게 이어질 것 같던 곽 이사의 훈시는 생각 외로 빨리 끝났다.

"차 소장, 나 간다. 나오지 마라."

'휴!'

지옥 같던 시간이 끝났다.

곽 이사가 502호 문을 열었다.

계단참부터 시작해서 그 아래까지 수십 명이 머리를 박고 있었다.

경사진 곳에서의 자세였던 만큼 신음 소리가 계속 들렸다.

"쯧쯧. 빠져가지고. 시간을 그렇게 줬는데도."

툭—

곽 이사의 발이 누군가를 툭 건드렸다.

우당탕탕탕!

비명을 삼키는 소리가 줄줄이 들려왔다.

곽 이사가 말했다.

"내일 또 보자."

허리숙인 차 소장의 목젖이 꿀렁거렸다.

'내일? 또!'

문이 닫히고, 엘리베이터가 일층에 도착했다는 소리가 들렸다. 차 소장은 총알같이 베란다로 달려가 곽 이사의 뒷모습을 보며 주먹감자를 먹었다.

그나마도 뒤돌아보는 곽 이사에게 배꼽인사를 하느라 일 초밖에 되지 않았지만.

딱 24대를 까였다.

밖에서 엎드려 있는 부하들의 숫자만큼!

'영악한 인간 같으니라고.'

"전원 집합!"

계단에 있던 부하 직원들이 우르르 달려 들어왔다.

하나같이 얼굴이 벌게져서 터지기 직전의 홍시 같았다.

'쯧쯧. 녀석들.'

차 소장이 말했다.

"대가리 박앗!"

맞아본 사람은 안다.

'줄빠따'가 뭔지!

부하들을 줄줄이 머리 박아 놓고, 차 소장은 머리를 쥐어 뜯었다.

'미친 거 아냐? 내일까지 무슨 수로 3,000세대 똥을 다 치우라고.'

하지만 이내 원망의 타깃이 곽 이사에서 다른 사람으로 바뀌었다.

'욕조 이 새끼들. 다 죽었어. 내일까지 안 돼 있으면 보자! 으드득!'

갑에게 대드는 것보다 을을 쪼는 것이 백 배, 아니, 만 배는 편할 테니!

"뿌드득!"

현장에서 불가능? 그딴 거, 개나 주라 그래!

불야성(不夜城)? 단언컨대, 그건 현장을 일컫는 말이었다.

'망할 자식들. 현장을 똥통으로 만들어 놓고, 잠을 자! 그리고 안전모는 또 뭔 소리야!'

나는 지금 잠을 자고 있다.

비키가 선물한 곰 인형을 동무 삼아 꿈나라에 빠져 있었다.

'참. 이상한 꿈이네?'

어제 욕조 이야기를 해서 그런가?

꿈은 그날의 잔상이라더니. 딱 그 모습이다.

안전모로 피를 튀기며 사람 패는 꿈. 욕조 안에 말라비틀어진 똥이 있는 꿈. 그리고 단체로 대가리 박는 꿈.

잠결에 뒤척였다.

"똥꿈이면 길몽이라던데. 이건 피똥 꿈이네. 대단한 일이 일어나려나. 쩝쩝!"

오랜만에 사랑하는 '예진 공주님' 꿈을 꾸면서 행복하게 자고 있었다.

"아, 간지러. 한석이 녀석이 내 욕 하나? 내일 죽었어."

21장
보이는 것이
전부는 아니다(1)

문 소장에게서 전화가 왔다.

－거시기. 성훈 씨. 요걸 우짠당가? 곤란허게 생겼는디…….

"무슨 일인데 그러세요?"

인테리어 공사는 벌써 며칠 전에 끝났다.

내가 바랐던 것은 AS가 필요 없는 완벽한 공사였지만, 내 눈이 미치지 못하는 곳도 있었을 것이다.

'첫술에 배부를 수는 없지. 하지만 큰일이 아니라면 소장 님 선에서 처리될 텐데?'

소장의 용건은 AS가 아니었다.

－거시기, 술값이나 허라고 준 지분 말여. 나 통장으루다 가 1억이 넘게 들어왔구먼. 이걸 우째쓰까잉. 받아두 될랑가

모르겠당께.

'그깟 술값 해봐야 월매나 되겠어? 그랴도 나 현장잉께로 나가 책임져야겠제' 하고는, 목재 물량을 원가에 가깝게 맞춰 주었다. 얼마나 동네 형에게 사정을 했을 것인가?

나는 그 보답으로 10% 지분을 넘겼었다. 그런데 그 10%가 그의 생각보다 컸던 모양이다. 사실 나도 그 정도까지는 생각하지 못했었다. 오히려 '이번에는 신세 한 번 진다. 나중에 갚아주지'라고 생각했었다.

'눈치는 빠른데, 마음은 생각보다 여리네.'

일은 잘하지만 큰 욕심은 부릴 줄 모르는, 참 소박한 사람이었다.

"저도 공방에서 연락 받았습니다. 현재건설에서 몰딩을 사갔다고 하더라고요."

―나가 그 말을 듣기는 했는디, 믿을 수가 있어야제. 나 통장에 요로코롬 똥글뱅이가 많이 찍힌 적은 첨잉게 말이지라.

문 소장이라면 아깝지 않았다. 현장 진행 내내 인테리어에 모든 공정을 맞춰주었다.

덕분에 내 첫 번째 현장을 차질 없이 끝낼 수 있었다.

"소장님! 그냥 그걸로 술값이나 하세요. 그리고 목재값 제대로 쳐주시구요."

―워매. 참말이당가? 고마워서 우째쓰까잉. 성훈 씨, 언제든지 놀러오쇼. 나가 살 텡게. 목재값은 걱정허덜 마쇼잉.

문 소장은 호들갑을 떨면서 감사 인사를 했다.

전화를 끊고, 하늘을 쳐다봤다. 구름 한 점 없이 하늘은 파랬다.

'참. 김성훈. 많이 컸다. 1억을 술값 하라고 하다니.'

사실 믿어지지 않았던 것은 나도 마찬가지였다.

아침에 민수 아버님께 연락이 왔을 때는 기절할 뻔했다. 소장이 10% 1억이니, 나는 40% 4억이었다. 그 이야기를 듣는 순간 무릎에 힘이 탁 풀렸다. 1억을 벌기 위해서 9개월 동안 배관수련을 했었다. 물론 그 돈은 고스란히 주식으로 들어갔고, 지금은 1억 5,000만 원 정도로 불어나 있었다.

이미 결과를 알기에 조바심 나거나 불안해할 이유도 없었다. 오히려 이따금씩 확인할 때마다 불어나는 속도에 두려움을 느낄 정도였다.

'나 이래도 되는 거야? 이렇게 손쉽게 벌어도 되는 거야?'

남에게 해를 끼치는 것이 아니고, 남의 기회를 훔치는 일도 아니었다. 나는 이 4억 또한 손도 대지 않고, 주식으로 밀어 넣었다. 처음 예상했던 5,000억의 완성 시기는 40대가 될 때쯤이었다.

지금 1억 5천만 원에서 5억 5천만 원이 되었으니, 그 기간은 더 줄어들 것이다.

'아마도 내년 이맘때면 50억이 넘어 있겠지.'

민수 아버님이 전화를 끊기 전에 웃으며 한 말이 생각났다.

"자네가 한 다른 디자인도 있냐고 문의를 하기에 보여줬다네. 그것도 곧 발주가 들어올 거야. 그럼 더 많은 돈이 들어갈 거야. 하하."

다른 패턴에 대한 판권은 내가 100%였다.

'돈은 신경 쓰지 말자.'

이게 내 결론이었다.

어차피 통장에 숫자로 찍히는 것이니, 얼마나 큰돈인지 감조차 오지 않았다.

'물론 돈으로 편하게 일을 시작할 수도 있겠지.'

하지만 돈으로 시작하면 건축이 아니라 돈에 집착하게 될 것이다.

잠시만 정신을 놓아도 생돈이 줄줄 빠져나가는데, 구조가 어떻고 설계가 어쩌고 할 정신이 있을까?

내가 보기엔 불가능했다.

또한 정작 이 시기에 반드시 배워야 할 것들을 익히지 못할 것이다. 지금은 젊기에 무슨 짓을 해도 나만 당당하면 자존심 상하지 않는다.

세상은 젊은이의 만용에 대해 관대하다. 용기가 지나쳐 사고를 치더라도 젊기에 용서받을 수 있다. 어려서 공부하지 않은 자는 나이 들어서 공부한다. 젊을 때 땀 흘리지 않은 자는 늙어서 땀 흘린다. 지금 익히지 않는다고 해도 언젠가 익혀야 할 것이다. 나이 들어서, 돈이 없을 때.

나중에 내 사업을 한다고 해도, 알아야 시킨다. 지금 배워야 할 것은 돈의 힘, 유용성이 아니라 건축이었다.

"선배님! 감사함다."

한석은 나를 보자마자 인사부터 꾸벅했다.

입이 귀에 걸려서는 좋아 죽으려고 하는 것이 보였다.

'훗. 귀여운 녀석.'

"1억?"

"네, 그렇슴다."

"아무한테도 말하지 마라."

히죽거리던 한석이 의아해하며 물었다.

"네? 왜 그러심까? 도둑질한 것도 아닌데 말임다."

무슨 깊이 있는 설명이 필요하랴.

"너. 돈 있는 거 소문났는데, 다른 친구들이 십만 원만 빌려달라고 하면 안 빌려줄 거냐?"

"왜 빌려줌까? 맡겨났슴까?"

한석의 반문은 당연한 말이었다.

"너보고 돈 좀 있다고 사람 깔보냐고 할 텐데? 재수 없다고 할 텐데?"

"뭔 상관임까? 제가 뭔 짓 했슴까? 그리고 내 돈이지, 지

돈임까?"

사람이란 참 다양한 성향을 가지고 있다.

어떤 사람은 자기 것이 아님을 알면서도, 자신의 뜻대로 되지 않는다는 이유로 편 가르기 하고 비난한다.

남이 잘났으면 그 뛰어남을 배우거나 함께하지 못할망정 시기하고 질투한다. 비난하고 욕한다.

"돈 있다고 소문 안 내면? 빌려달라고 할까?"

"당연히 안 하겠지 말임다."

"욕할까? 재수 없다고?"

"안 하겠지 말임다. 돈이 있다는 것도 모를 텐데 말임다. 아하!"

"그냥 너 혼자 조용히 맛있는 거 사 먹든지 해라. 엄마한테 맡기든지."

"그건 안 되지 말임다. 이건 꽁꽁 숨겨두고, 장가갈 때 쓸 검다."

"맘대로 해라."

돈은 있다는 사실 자체만으로 욕을 먹는다.

그게 어찌 돈의 잘못이겠는가? 돈 있다고 자랑한 사람의 잘못이지.

"형. 저도 왔어요."

"민수 왔냐?"

"아버지가 고맙다고 전해 달래요. 그렇게 수익이 날 줄은 몰랐는데, 너무 높은 비율이라서 미안하다고 하시던데요."

공방에서 20%, 민수가 20%, 둘을 합치면 민수네 집이 나와 같은 비율이었다. 그러나 역시 아깝지 않았다.

"아냐. 됐어. 다 같이 잘되면 좋은 거지."

그저께 꿈 생각이 났다.

'용하네. 피똥꿈.'

"너도 돈 있다는 말 하지 마라."

"저 그런 말할 정도로 친한 애들 없어요."

"맞습다. 민수 선배는 학교 오면 한마디도 안 함다."

"엥? 지금 말하는 건 민수 아니고, 다른 사람이냐?"

"선배님 앞에서만 말함다."

아직도 낯가림이 심한 모양이었다.

"여전히 샤이가이(Shy-guy)냐?"

한 교수가 붙여준 별명이었다.

민수의 말없는 얼굴이 붉어졌다.

노파심에 다시 한 번 말했다.

"없다고 주눅 들지 말고, 있어도 없는 척해. 그래야 살기 편해."

"네, 그렇게 하겠슴다."

"네, 형."

한석이 불쑥 생각났다면서 말을 꺼냈다.

"아. 맞다. 선배님! 정명호 선배 '경남구조대전'에 나간다는 말씀 들으셨습까?"

정명호는 우리 과를 졸업하고, 구조 세미나(전공반)에서 석사과정을 밟고 있는 조교였다.

이름은 알고 있었지만, 전생의 나는 농땡이였기에 그 사람에 대해서는 잘 몰랐다. 내가 이름을 들어본 정도였다면 꽤 능력이 있거나 영향력이 있는 사람이었을 것이다.

"그런데 그게 왜?"

"왜는 무슨 왜임까? 칫."

"이게 왜 말을 하다가 말아?"

"한석이도 출전하고 싶은가 본대요?"

거기 출전해서 뭐하게? 학점을 더 주는 것도 아니고, 내가 구조에 대해서 잘 아는 것도 아니고.

나는 아직 학생이었다.

다시 산다고 해서 없던 지식이 생기거나 하는 것은 아니었다. 고로 나는 전혀 출전할 마음이 없었다. 물론 '구조대전'이라는 이름을 봤을 때, 건축 구조에 특화된 건축대전일 것이다.

얼마나 구조미를 잘 드러내느냐에 점수가 주어질 것이다. 한석의 입장에서는 에펠탑을 만들어 봤으니, 기고만장했던 모양이다.

"녀석. 구조가 그렇게 간단해 보이냐? 공부나 더 해."

수업을 끝내고 교수실을 들렀다.

"성훈, 오랜만이야?"

현장을 나가지 않아서 볼살이 통통해진 한 교수였다.

"현장 깔끔하게 마감되었다고 소문이 자자해."

"뭐 현장 작업자들이 잘해줘서 그런 거죠."

"어떤 건설업체에서는 벌써 이사진들 데리고 와서 견학도 하고 갔다더라."

"누가 그러던데요? 어느 업체에서요?"

"문 소장이 그랬지. 그래서 어디냐고 물어 봤는데, 입도 뻥긋 안 하더라."

"그래요? 혼자서 좋은 데로 스카우트되서 가는 거 아닐까요?"

"그런 꿍꿍인가? 그렇게 안 봤는데, 그 양반?"

"문 소장님 잘되면 좋죠. 저도 그쪽으로 넣어달라고 하죠, 뭐."

한 번 손을 맞춰봤으니 다음 현장에서는 더 편하게 할 수 있으리라.

그러나 한 교수는 생각이 다른 모양이었다.

"넣어줄까? 문 소장은 너 싫어할걸?"

그럴 리가?

그 사람이 나 때문에 이득 본 게 얼만데.

그리고 아마 그 업체는 현재건설일 것이다. 몰딩을 사간 것만 봐도 대충 추측할 수 있었다.

문 소장에게 몰딩 건에 대해서는 입도 뻥긋 하지 말라고 했으니, 한 교수에게도 숨긴 모양이었다. 적어도 내 생각에는 문 소장이 나를 싫어할 이유가 없었다.

"다른 일 없으면 저 들어갈게요."

"뭐 그리 바쁘냐?"

"미술학원도 가고, 운동도 하러 가야죠. 요즘 바빠서 며칠 못 나갔더니 손이 근질거려요."

"아직도 다니고 있었냐? 너도 참 대단하다."

문 밖을 나서는데, 교수가 급히 나를 불렀다.

"참, 깜빡했네. 내일 낮에 시간 되지?"

"네, 무슨 일인데요?"

"그럼 총장님한테 한 번 들러라."

엥? 학과장도 아니고 우리 대학 총장?

"총장님이 왜요? 저하고 아무 상관없잖아요."

나는 그를 만날 일이 없었다. 얼굴은 물론이고, 이름도 몰랐다. 전생에서도 현생에서도.

"네가 계속 현장 나가 있었으니 모르지. 그동안 너 많이 찾으셨어."

그런 높은 사람이 나를 왜 찾아?

"무슨 일이라는데요?"

"에펠탑 만든 사람 얼굴 한번 보자는데, 그런 이유로 부를 정도로 한가한 분이 아니거든."

한 교수는 자기 머리를 톡톡 치면서 추측하는 바를 말했다.

"에펠탑은 핑계고, 뭔가 할 말이 있어서일 거야."

"에펠탑요?"

왜 여기서 갑자기 에펠탑이 튀어나오는 거지? 벌써 몇 주나 지난 일인데!

에펠탑이 도서관 로비에 전시되어 있다는 이야기는 들었었다. 민수네 부모님도 다녀가셨다고 했지만, 정작 나는 그곳에 갈 여유가 없어서 한 번도 가보지 못했다.

"거기 전시하는 것도 총장님 아이디어였거든. 하여간 영업은 기가 막히게 하시는 양반이야."

"알아듣게 말씀 좀 해주시죠."

"그거 때문에 우리 과 지원자가 작년보다 3배나 늘었거든."

한 교수는 지원자가 너무 많아서 정원을 늘려야 하니 마니하며 교수들이 고민 중이라고 했다.

"그래서 그거 만든 친구들 얼굴 좀 보겠다고, 한 번 오시기도 했었어."

"하하. 저 완전 유명 인사가 됐는데요."

"그래, 너 유명 인사니까 너무 비싼 티 내지 말고 만나봐. 만나서 손해 보진 않을 거야. 그리고……."

한 교수가 말을 멈칫거렸다.

"아마도 이번 경남구조대전 이야기할 거다."

"저 거기 참가 안 할 건데요?"

"꽤나 배우는 게 많을 텐데, 해보지 그러냐?"

한 교수의 말도 맞는 말이었지만 좀 쉬고 싶었다.

"구조대전이면 또 모형 만들어야 하잖아요. 그걸 또 하라고요?"

솔직히 내게는 모형보다 3D가 훨씬 더 편했다. 지금 시대에서는 희소성도 있었고 말이다.

한 교수가 피식 웃었다.

"훗. 그런 에펠탑을 만들었으니 그럴 만도 하지."

"에펠탑 만들면서 이제 구조라면 알 만큼 안다고요. 교수님."

"녀석. 에펠탑 하나 공부했다고 다 알 수 있을 정도로 구조가 그렇게 간단한 학문인 줄 알아? 보이는 게 전부가 아니야."

물론 한 교수의 전공이 원래 '구조(構造)'였으니 더 잘 알 것이다.

나는 아까 한석에게 했던 말을 토시 하나 틀리지 않고 한 교수에게 듣고 있었다.

'내가 너무 건방져진 것인가?'

애초에 나를 설득할 생각은 없었던지 한 교수는 모니터로 눈을 돌렸다.

"하여간 가려면 마음 단단히 먹고 가. 절대 만만한 양반은 아닐 테니."

"어쨌든 지금 당장은 좀 쉬어야겠어요. 너무 일만 했더니 정신이 없어요."

유럽 여행을 다녀와서 학교 수업 말고는 내리 현장에서만 있었던 것 같다.

"교수님, 논문은 끝나신 거예요?"

"이제 막바지 작업이다. 이번 달 내로 끝날 거야. 구조대 전 하게 되면 짬 좀 내볼게."

"안 한다니까 그러시네."

"그건 다녀와서 말하도록 하고. 내일 보자."

여비서가 총장실로 안내했다.

깔끔하고 정갈한 분위기를 풍기는 대리석으로 마감된 방이었다. 한쪽 벽에는 우리 학교 학생들이 받아온 상패와 총장 자신이 받은 공로패들이 장식되어 있었다.

총장은 업무를 보던 중이었다. 내가 들어오는 것을 보자 일어나더니 소파로 나를 앉으라고 했다.

"오. 오매불망 기다리던 성훈 군이군. 이리 앉게나."

대학총장은 훤칠한 키의 인상 좋아 보이는 노인이었다.

처음 보는 것일 텐데도 나를 유쾌하게 맞이했다.

"감사합니다. 외부로 바쁜 일정이 있어서 찾아뵙는 것이 늦었습니다. 죄송합니다."

"허허, 괜찮아. 젊은 사람이 바빠야 나라의 장래가 밝은 것 아니겠나."

총장이 비서가 가져온 차를 권하며 물었다.

"우리 대학은 공대로 시작을 했다네. 알고 있나?"

'뜬금없이 왜 학교의 연혁을 읊는 것일까?'

의구심을 가지면서도 그의 말에 동의했다.

"네, 그렇게 알고 있습니다."

우리 대학은 1970년 공과대학으로 시작을 했다.

현재그룹 왕 회장이 배우지 못한 한을 풀기 위해 설립했다고 전해진다.

"하지만 정작 유명한 것은 생긴 지 얼마 되지도 않는 '자동차공학과'와 '의과대'라네."

취업이 제일 목표인 학생들에게는 당연한 것인지도 몰랐다.

자동차과는 바로 현재자동차로 취업을 할 것이고, 의과대는 전국 곳곳의 '야산 병원'에 취직이 가능했으니.

총장은 개탄스러운 듯 말을 이었다.

"나는 그것이 안타까워. 나라 산업의 기초라고 하면 바로 건축이 아니겠나."

"맞습니다, 총장님."

나도 그의 말에 동의했다. 차 없이는 살아도 집 없이는 못 사니까.

더군다나 우리나라는 건축기술에 있어서는 후진국이었다.

일본은 몇 명이나 배출한 프리츠커 수상자가 한 명도 없었으니까.

'프리츠커상'은 '건축계의 노벨상'으로 불리며, 그 위상은 언론계의 '퓰리쳐상'과 버금간다.

반대로 말하면 건축 발전의 여지가 충분한 곳이 한국이었다.

"나는 공대 균형 발전의 시작을 건축과로부터 시작하려고 생각하고 있었다네."

"옳으신 생각입니다."

총장의 말에 동의할 수밖에 없었다. 내 생각과 똑같았으니까.

"그러던 차에 자네들이 만든 에펠탑을 보고 감명을 받았다네."

"운이 좋았습니다."

"운만은 아니더군. 민수라는 학생도 제법 손재주가 좋았어."

"맞습니다. 민수 도움이 컸습니다."

"그래, 그 학생 조부께서 대목장이라고 하시더군. 어쨌거나 건축과에서 그런 작품이 나온 것은 참 오랜만이야."

총장의 말을 들으며 나는 한 교수의 조언을 생각하고 있었다.

"성훈아. 아마 구조대전에 대해서 말할 거야. 마음 단단히 먹고가."

학교의 일부만이 알고 있는 민수의 내력을 그는 이미 알고 있었다.

한 교수조차도 전통 건축에 관심이 없었다면 몰랐을 것이다.

'역시 만만치 않은 사람이네.'

대학총장이라는 자리는 인맥이나 명성만으로 차지할 수 있는 자리가 아니었다.

더군다나 몇십 년의 전통을 가진 대학이라면 더더욱 그럴 것이다.

'적어도 배경이 든든하거나 아니면 권력 싸움에는 이골이 났거나 둘 중의 하나겠군.'

이런 생각을 하니 더 긴장이 되었다.

그는 십여 분 동안 이야기를 하면서도, 한 번도 화제가 끊이지 않았을 정도로 상식과 지식이 풍부했다.

부드럽게 나를 칭찬하면서도 아직 결론은 꺼내지도 않았다. 한 교수의 말이 맞는다면 분명히 구조대전에 대해서 말을 꺼낼 것이다.

'뭐라고 해도 거절을 하겠어. 다음에도 기회는 있으니까.'

하지 말아야 할 이유가 있는 것은 아니지만, 지금 반드시 해야 할 이유도 없었다.

총장이 나를 보며 말했다.

"열정 있는 젊은 인재를 볼 때마다 이 늙은이는 희열을 느낀다네."

"……."

"그래서 작년에 한 교수를 어렵게 어렵게 설득해서 한국으로 데려왔지."

그런 맥락의 일환이라면 총장은 진작에 건축과에 관심을 두었다는 말이다.

'진심인 건가? 내가 과민반응을 하는 것일까?'

"현명하신 결단이었다고 생각됩니다."

건축과에 관심이 있다는데, 내가 뭐라고 하겠는가? 동의할 수밖에.

'한 교수가 없었다면 베를린 박람회를 갈 수도 없었겠지.'

"그런데 지금 그게 뜻대로 되지 않고 있어서 개탄을 금할 수가 없다네."

총장의 말에는 한숨이 섞여 있었다.

"그게 무슨 말씀이십니까?"

"기존 교수들이 그와 협력해서 시너지 효과를 내기를 바랐

건만, 오히려 한 교수를 경원시한다더군. 알고 있었나?"

처음부터 견제를 받고 시작했으니 알고도 남음이 있다.

그 덕분에 지금의 기숙사라는 결과를 만들었지만 그건 운이 좋았던 것이다.

"그건 총장님께서 신경 쓰지 않으셔도 될 듯합니다."

"왜 그렇게 생각하나?"

한 교수는 누가 모략을 한다고 쉽게 넘어갈 인간도 아니고, 그만의 고집과 배짱도 있었다.

그런 사람이 아니었다면 건축과 학과장은 물론이고, 한국 건축계에 이름을 날리지 못했을 것이다. 그가 학교 내의 세력 다툼에 끼어들지 않는 이유는 관심도 없고, 연구할 시간도 부족하기 때문이었다.

"한 교수는 제가 잘 압니다. 경원시당한다고 주눅들 사람이 아니고, 시간이 지나면 잘 화합할 겁니다."

총장이 흥미로운 표정을 지었다.

"그렇게 생각하나?"

"그렇습니다. 총장님의 안목을 믿으십시오."

'정 안 되면 좀 도와주지. 지금 저는 쉬고 싶습니다. 총장님.'

"두 사제 관계가 보통이 아니라더니, 그 스승에 그 제자구만."

총장에게 미소를 지어 보였다.

고리타분한 교수들의 밥그릇 싸움에 몸을 들이밀 정도로 나는 한가한 사람이 아니었다.

"허허. 한 교수의 명성과 입지를 다지기 위해 자네에게 구조대전에 참가해 달라고 말하려 했는데 말이야."

'진심으로 하는 말일까? 한 교수를 직접 데리고 온 사람이 그의 성향을 모른다고?'

한 교수의 고집과 뚝심을 아는데, 어설프게 덤볐다가는 꼼짝도 못 하고 당한다. 그는 한국 사람과 달랐다. 나이와 인맥에 얽매이지 않는 사람이었다.

그리고 구조대전에 참가한다고, 떡하니 모델만 만들면 끝인가?

에펠탑을 만드는 것도 시간이 어마어마하게 걸렸는데, 그마나 간단했기에 망정이지! 더 복잡한 건물의 설계와 구조계산까지 하려면 한 달은 거기에 매달려야 할 것이다.

절대로 만만하게 볼 일이 아니었다.

총장에게 단호하게 말했다.

"지금 구조세미나 조교 정명호 선배가 나간다고 했으니, 잘할 겁니다."

"그건 나도 알고 있네. 자네도 함께했으면 좋은 경쟁 상대가 되었을 텐데."

"어쩔 수 없죠. 선후배 간에 괜한 자존심 싸움이 될 수도 있으니 말입니다."

사실 선후배 간 싸움보다는 교수들 간의 싸움에 끼어들기 싫었기 때문이다. 정명호 조교의 뒤에는 건축구조 세미나의 교수들이 있을 것이다.

물론 일인자인 '학과장'도 한 교수를 좋아하지 않지만, 이인자 '진 교수'도 한 교수를 좋아하지 않았다.

진 교수는 건축구조 세미나의 수장이었다.

대놓고 한 교수를 경원시하지 않았지만, 예일에서 구조를 전공한 한 교수가 구조대전에 관련된다면, 교수들의 자존심 싸움이 될 우려가 많았다.

'분명히 과열 경쟁이 될 거야. 총장이 그것을 모를 리가 없을 텐데.'

일반적인 학생이라면 총장의 격려에 '네!' 하고 시키는 대로 했을 것이다.

"에펠탑 건도 있고, 자네에게 주려고 준비한 게 있었는데, 아쉬워."

'안 할 겁니다. 총장님! 주려고 했으면 진작에 내밀었겠지.'

사실은 도산소장에게서도 시간을 좀 내달라는 요청이 와 있는 상황이었다.

도산소장의 현상설계는 건당 1,500만 원이었다. 그 돈이면 한 학기를 편하게 지낼 수 있었다.

그럼에도 준비라는 말에 궁금함이 생기는 것은 어쩔 수 없었다. 그의 다음 말을 기다렸다.

"실은 자네가 입상을 하면 놀래켜 주려고 가지고 있었다네."

입상? 무슨 입상? 참가하지도 않을 건데!

인터폰을 누르고 준비한 것을 가져오라고 했다.

"자네들에게 뭔가 도움이 되는 일을 해주고 싶었다네."

그가 받은 것은 서류봉투였다.

총장이 내용물을 꺼내 탁자에 올렸다.

자연스레 시선이 향했다.

"연말에 사우디에서 열리는 '국제 구조 심포지엄' 입장권 몇 개를 어렵게 구했다네."

"'국제 구조 심포지엄'요?"

"건축계에서는 꽤나 명성 있다고 하더군."

매년 할 때마다 이슈가 되고, 건축 구조의 새로운 방향을 제시하는 학술회의였다.

제품을 홍보하는 박람회와는 그 성격 자체가 다르기에 입장권이 없으면 참석할 수 없었다.

"우리나라 매체에서는 별로 다루지 않아서 모를 걸세."

신문이나 매체에서는 그 내용을 잘 다루지 않는다. 시청률의 등락에 별 영향을 미치지 못하기 때문이다. 우리나라처럼 건축에 관심 없는 나라에서는 그것이 개최된다는 것조차 알지 못할 때가 많았다.

'오. 이러면 얘기가 달라지는걸!'

총장은 내가 전혀 생각지도 못한 카드를 내밀었다.

'정말 줄 생각이었다면 처음부터 내밀지 않았을까? 무슨 꿍꿍이지?'

"자네들 주려고 구했는데, 티켓에 조건이 있지 뭔가."

"네?"

"국내 대전 어디라도 좋으니, 입상을 해야 한다네."

납득은 가는 설명이었다. 또한 눈에 보일 거짓말을 할 사람도 아니었다.

"명성 있는 사람들이 모이는 자리에 아무 자격도 없는 자가 참석이 가능하겠나? 그래서 참가해서 입상하기를 바랐던 것이지. 조건이 안 되면 줘도 소용이 없다네. 아쉬워."

총장의 말에 구조대전에는 참가하지 않겠다는 내 결심이 모래성처럼 무너졌다.

기회가 왔는데 잡지 않으면 사내가 아니다.

총장이 나를 보며 말했다.

"젊으니 다음 기회도 있겠지. 하지만 미루지 말게. 내일은 더 바쁠 수도 있어."

입이 타서 차를 한 잔 들이켰다.

이걸 해야 하나 말아야 하나. 기회는 왔는데 조건이 있었다.

"성훈 군. 관심이 있나?"

여기서 바로 결정할 수 있지만 리스크가 너무 컸다. 아직 대학 생활은 2년이나 남아 있었다.

만에 하나 입상하지 못하면 어떻게 될 것인가? 고생은 고생대로 하고, 성과는 없을 것이다.

"관심은 있습니다만 아직 저는 그럴 역량이 안 됩니다."

탐나는 것은 탐나는 것. 역량이 안 되는 것은 안 되는 것.

"한 교수가 옆에서 도와준다면 충분히 가능하지 않을까?"

물론 도움은 될 것이다. 그는 구조 쪽에서는 전문가이니.

"한 교수는 논문 때문에 바쁩니다. 시간이 안 될 겁니다."

"아쉽군."

"만약 제가 입상을 못 하게 되면 그 티켓은 어떻게 되는 겁니까?"

"다른 주인을 찾아야겠지."

총장이 온화한 미소를 지어 보였다.

'이것 봐라. 뭔가 낚이는 것 같은데?'

어쨌거나 총장의 입장에서는 잃을 것이 없다.

고작 티켓 몇 장으로 학교의 명성을 높일 수 있다면 그는 만족일 것이다.

경남구조대전이라고 해도, 거기서 우리 대학이 대상을 탔다고 하면 그것은 그의 공로가 될 터이니.

총장에게 물었다.

"한 교수의 입지를 세워 주시려고 하시는 것 아니십니까?"

"그러네."

문득 아까 교수실에서 나올 때 한 교수가 한 말이 떠올랐다.

"정 해야 된다면, 구조 실험실이라도 하나 만들어 달라고 해 봐. 우리학교는 건축 구조에 대한 설비 투자가 너무 적어!"

한 교수는 내가 할 것이라는 사실을 기정사실처럼 믿고 있었다. 한 교수를 끌어들이려면 그도 얻는 것이 있어야 할 것 아닌가?

"총장님, 만약 제가 우승을 하게 되면, 구조 실험실을 하나 만들어주십시오."

그는 잠시 멈칫했지만 호탕하게 웃으면 대답했다.

"그럼! 자금을 투자할 명분이 있다면야 뭘 못 할 텐가! 그 관리권을 자네 교수에게 맡기지."

"그거라면 충분히 한 교수를 진심으로 만들 수 있을 겁니다. 참가하겠습니다."

"역시 결단이 빠르구만. 그러니 에펠탑 같은 결과가 나온 것이지."

"그럼 가보겠습니다."

총장에게 인사를 하며 일어섰다.

"그래, 대상 타오길 기대하겠네. 뭔가 새로운 가능성을 제시해 주게나."

총장의 목적이 뭔지 정확히 알 수 없다.

교수들 간의 싸움을 바라는 것인지 혹은 진정으로 학교의 명예를 원하는 것인지.

무엇이 되었든 해보기로 했다.

아직 쉬기는 이른 나이 아닌가?

교수실로 들어오는 나를 보고 한 교수가 물었다.

"어떻게 됐어?"

"일단 해보기로 했습니다."

"안 한다고 장담하면서 갔잖아."

"그렇게 됐어요. 손해 볼 거 없잖아요."

"낚였구나? 그러게 내가 맘 단단히 먹고 가라고 했잖아."

그럴 줄 알았다는 듯이 한 교수가 웃었다.

"한 교수님은 왜 제가 할 거라 예상하셨어요?"

"그 양반이 말발도 좋지만, 불렀을 때는 계획이 있다는 거야. 준비가 치밀한 양반이거든."

"확실히 말씀은 잘하시더라고요."

총장실에서 있었던 이야기를 해줬다.

이야기를 듣던 한 교수가 말했다.

"내가 한국에 왜 온 줄 아냐?"

"왜 오시긴요. 전통 건축이 좋아서 오셨다고 하셨잖아요."

"그랬지. 그 양반, 인재를 발견할 때마다 희열을 느낀다고 하지 않아?"

"어떻게……."

"그거 그 양반 레퍼토리야. 그렇게 사람을 추켜세우면서 사람이 움직이게 만들지."

"그럼 교수님도?"

"그렇다고 봐야지. 하지만 후회하지는 않아."

교수들과의 알력 이야기도 해줘야 하나 망설이다가 하지 않기로 했다.

'해봐야 달라지는 것은 없겠지.'

대신 한 교수가 좋아할 만한 소식을 전했다.

"대신 일등하면 구조 실험실 지어달라고 했습니다."

"정말이냐? 이거 의욕이 불타오르는데!"

불타오르라고 말한 거니 응당 그래야지.

'이왕 낚시에 걸린 거 나중에 빠져 나가더라도 미끼는 다 따먹어야 할 거 아냐!'

"심포지엄은 나도 같이 가는 거지? 내가 박람회도 보내줬잖아."

한 교수는 티켓까지 욕심을 부렸다.

'그래서 고생을 좀 했지요.'

"애들한테 물어보고요."

기왕이면 내 새끼들 먼저 챙겨야지. 당신은 나중에 발표자로나 참석하라고!

한석이 헐레벌떡 뛰어 들어왔다.

"선배님, 들으셨습까?"

"뭔데 그렇게 호들갑을 떨고 그러냐?"

"소문이 이상하게 났습. 헉헉."

한석에게 핀잔을 주었다.

"또 뭐 소문을 들었나 보죠."

"문제가 보통이 아니란 말임다."

"결론만 말해. 결론만!"

"한 교수님이 주제도 모르고, 감히 진 교수한테 도전한다고 말임다."

"허허, 도전은 무슨?"

한 교수는 어이가 없다는 듯이 웃어 넘겼다.

'벌써부터 시작된 건가? 하지만 어제 일인데, 벌써 소문이 났어?'

예상하고 있었던 일이다.

"한석아, 신경 쓰지 마."

이미 신경도 안 쓰는 한 교수에게는 말할 것도 없었다.

"성훈아, 만들 건 정했냐?"

"아직요. 일단 부지 선정부터 해야죠."

"흠. 반대로 생각하면 어떠냐?"

"반대라뇨. 무슨 말인지."

"부지라는 것에 얽매이는 순간, 그 부지에 최적화된 모델을 찾게 되어 있어."

"당연한 거 아닌가요?"

"뭘 만들지를 생각하고, 부지를 검색해 봐. 파격적으로 말이야."

한 교수는 파격을 말했다.

그러나 나는 무슨 말인지 알아들을 수가 없었다.

상식적으로 이해가 되는가?

어딘지를 알아야 주변 환경에 맞춰서 건물을 지을 것이 아닌가?

한 교수는 역발상을 요구하고 있었다.

"잘 생각해 봐. 5층 이하의 건물만 지어진 곳에서는 주변과의 조화를 위해서 건물 자체에서 한계가 생기게 되어 있거든."

"당연한 말이죠."

"5층짜리 건물에서 무슨 구조미를 뽐내겠어."

구조의 발전은 인간이 상상 가능한 높이의 한계를 뛰어넘으면서 이루어졌다.

1층짜리 건물에서 활용되는 구조와 100층 이상에서 적용되는 구조는 당연히 다를 수밖에 없다.

공학의 최첨단을 달리는 것이 바로 구조다. 당연히 저층 건물에서 적용할 수 있는 구조는 그 한계가 명확하다.

5층 건물에 철골구조나 강구조를 쓰면 그 자체로 낭비가 된다.

"누구나 할 수 있는 것을 시도하지 마라. 새로운 것으로 승부를 걸어야 할 거야."

"그래도 어느 정도 상식선에서 진행해야 하지 않을까요?"

"건축하는 사람이라면 누구나 아는 것, 당연히 될 것이라고 예상하는 것에서는 새로움을 줄 수 없지."

'내가 너무 안일하게 생각했던 것일까?'

내 스스로 창조를 말했으면서도 내가 잘 모르는 분야에서는 안정적인 선택을 하려하고 있었다.

한 교수는 그 부분을 지적하고 있었다. 나는 반박할 수 없었다.

한 교수의 말이 계속 이어졌다.

"불가능을 가능하게 만들 때, 이런 일들이 의미가 있다. 발전으로 이어진다."

우리는 학생이다. 배우는 학생이다. 구조라는 어려운 학문에 도전할 생각을 하지 못했다.

"에펠탑을 만들기 이전에는 아무도 강철 구조물로만 건축물을 올릴 수 있을 것이라는 생각을 하지 못했다. 에펠탑은 건축 구조에 있어서 기념비적인 건축물이다. 인간이 300미터 이상의 상공에 있을 수 있다는 것을 증명한 것이다. 그랬기에 40년 동안 세계 최고(最高)의 건물이 될 수 있었다."

실제로 에펠탑은 파리의 흉물이라고 많은 비난을 받았었다. 하지만 아직도 건재하다.

"성훈아, '새롭다'라는 건 특별한 게 아니다. 기존의 사람들이 보지 못한 것이라면 전부 '새롭다'에 속한다."

한 교수는 팀의 리더인 나에게 경각심을 일깨워 주고 있었다. 안주하지 말라고. 쉬지 말라고.

"예를 들어 성냥개비로 지은 집은 10㎏짜리 아령을 버티지 못한다. 그렇지?"

당연한 말에 우리는 고개를 끄덕였다.

"하지만 그것을 버틸 수 있게 만들면 어떻게 될까?"

우리가 알 리가 없잖은가? 누구도 모를 것이다.

묵묵부답. 서로의 얼굴만 바라보았다.

"불가능의 해결책은 새로움에서 나온다. 새로움이란 발견이다. 가능성의 발견. 콜럼버스의 달걀과 같은 것이지."

한 교수가 의자에서 일어났다.

내 어깨를 두드리며 말했다.

"자, 그럼 설명을 했으니 어떻게 풀어야 할지 고민하는 것은 제군들의 몫이겠지."

"질문만 던져 놓고 끝입니까?"

어안이 벙벙해서 한 교수를 바라보자, 얄밉게 웃었다.

"Your turn! 실력 발휘 한번 해봐!"

22장
보이는 것이
전부는 아니다(2)

　고민은 많았지만 구조라는 학문에 취약한 우리로서는 마땅한 해결책을 찾지 못했다.

　하루 동안 우리 머리를 아프게 했던 주범이 교수실로 들어왔다.

　"성훈아, 생각이 결과를 바꾸는 거야."

　"하지만 이래서 우승할 수 있을까요?"

　"하다가 실패해도 괜찮아. 한국에서 왜 세계적인 건축가가 안 나오는지 알아?"

　모른다고 답할 수밖에 없었다. 알아도 대답하기는 자존심 상했을 것이다. 사실이었으니까.

　"도전을 안 해. 외국 건축가들의 구조를 베끼기 바쁘고,

어떻게 하면 잘 따라 할까를 고민해. 발전이 있을까?"

그가 의자에 앉으며 말을 이었다.

"실패해. 이런 시작이면 실패를 해도 얻는 것이 많다고. 크게 시작해. 구조실험실. 그까짓 거 무슨 상관이야. 네가 돈 벌어서 하나 기증해! 너 돈 많잖아."

"에이, 교수님. 저 돈 없……."

한석이 아는 척 설레발을 쳤다.

"어떻게 아셨습까? 교수님?"

'이 눈치 없는 놈이!'

"응?"

한 교수의 눈썹이 물결친다.

'눈치챘을까? 아니. 아직은 눈치채지 못했겠지.'

잽싸게 한석의 말꼬리를 잘랐다.

"저번에 현상설계 말하는 겁니다. 그렇지?"

한석을 향해 눈을 부라렸다.

"엉? 네. 그렇습다."

녀석이 귓속말로 물었다.

'교수님 아직 모르십까?'

'헛소리 나불거리면 너부터 작살난다.'

이번에는 공개적으로, 아니, 일부 사람들이 내가 거금을 벌었다는 사실을 알고 있지만, 나는 그것을 드러내고 싶지 않았다. 돈이 있다는 것을 아는 순간, 나는 이상한 사람이 되어 버린다.

'너. 그 돈 놔두고 어따 쓰려고 그래? 바보냐? 돈으로 해결해.'

귀찮다. 나는 내가 하고 싶은 것을 하고 싶다. 돈의 도움을 최소화하고.

'그리고 지금 내 주머니에 돈이 없는 것은 사실이지. 뭐!'

한 교수는 하려던 말을 이어갔다.

"불가능해 보이는 것을 가능하게 만들려고 노력할 때, 새로운 가능성이 보이는 거야."

"네, 알겠습니다."

"아직 어떤 건물을 올릴지 생각을 못한 모양이지."

그렇다고 고개를 끄덕였다.

"그럼 내가 기준을 제시하겠다. 적어도 50층짜리 건물을 기준으로 해!"

"옉?"

기도 안 차서 그를 쳐다봤다.

아직 5층짜리 건물도 설계해 보지 못한 초짜에게 이 어인 망발이랴!

"여기서는 꼴랑 10층짜리 건물로 구조대전에 참가를 하더라. 그 난쟁이 건물에 무슨 구조를 적용하냐? 구조가 우스워 보여?"

그는 오히려 나를 어이없다는 듯이 쳐다봤다.

"'엠파이어스테이트' 같은 고층을 말하고 싶었는데 참은 거다. 경남 지역을 기준으로 하는 거니까. 63빌딩보다 클 필요는 없겠지. 서울 기준이었다면 더 큰 걸 말했을 거다."

이게 아메리칸 스케일인가? 그래도 너무하지 않나 생각이 들었다.

'말은 좋다! 이걸 성공하고 나면 30층 건물은 우스워 보이겠지.'

하지만 눈앞의 현실은 어떡할 것인가?

"왜 그렇게 기준을 높게 잡으세요? 구조계산은 어떻게 다 해요?"

한 교수가 말했다.

"구조계산? 간단해. 산수야. 산수."

'당신한테는 쉽겠지. 당신한테만.'

"그렇게 간단하면 아무나 다 구조기술사 하겠죠?"

택도 없는 소리 하지 말라며 한 교수의 주장을 끊었다.

"네가 구조를 몰라서 하는 말이야."

"네, 저 구조 몰라요."

나는 당당했다. 이 나이에 모르는 것이 당연하니까.

"모르면 입 다물고 들어."

한 교수가 빙긋이 웃으며 나에게 말했다.

'이번에는 내가 이겼지?'라는 득의양양한 웃음을 보인 채.

'이 양반아! 당연한 거거든. 구조 전문가인 당신과 나를 꼭

비교해야겠어?'

"다시 한 번 말하지만 구조는 간단하다."

우리를 향한 한 교수의 강의가 시작되었다.

"어렵게 생각하면 어려워지는 것이 구조다. 개념의 차원으로 들어가면 뭐든지 간단하다. 너희가 큰 계산을 해서 구조물을 올리면, 나머지는 전문가들이 하게 되어 있어. 그러니까 처음부터 겁먹고 들어가지 말라는 말이다. 알겠냐?"

'지금은 우리가 하는 거라고요.'

"구조란 한마디로, 건축물에 걸리는 하중을 어떤 부재로 버틸 것인가를 계산하는 것이다."

그는 간이 칠판에 그림을 그리면서 설명했다.

"구조는 뼈대다. 하중을 지탱하는 뼈대! 사람들의 눈에 보이지 않지만 가장 중요한 요소다."

우리를 돌아보며 말했다.

"그 뼈대를 어떻게 구성하는지만 알면 된다. 그 외의 것은 모두 세부사항이다. 하중과 그 하중이 가해지는 방향만 알고, 계산할 줄 알면 끝!"

칠판을 탁 치면서 강의를 끝냈다.

이걸로 끝?

"교수님, 더 하실 말씀은?"

"끝이라니까. 하나부터 열까지 다 설명해 주랴? 그럼 구조대전 끝날 때까지도 불가능할 텐데."

그가 몇 개의 책장 중 하나를 가리켰다.

"저 책장에 있는 책 전부! 구조 관련 서적이다. 참조하도록."

수백 권의 책이 꽂혀 있었다. 그중의 반 이상은 원서였고.

자신이 살짝 없었다. 그래도 뭔가 알아야 지시라도 하지 않겠는가?

교수에게 말했다.

"저는 괜찮지만 이 친구들에게는 설명이 더 필요하지 않겠습니까?"

눈을 동그랗게 뜨고, 한 교수를 쳐다봤다.

'애들 앞에서 쪽 주면 알아서 하쇼!'

아마 내 눈에서 레이저가 발사되지 않았을까?

"흠흠. 그럼 그럴까? 이번 구조대전이 끝나면 부석사에 한번 가 보고 싶군."

여름 방학이 끝나고 가자고 했었는데, 기숙사 공사에 묶이는 바람에 못 갔었다.

한 교수는 그 이야기를 지금 꺼내고 있었다.

"그러시죠."

"끝나고 바로!"

"콜."

한 교수는 칠판을 슥슥 지우더니, 잠시 고민에 잠겼다.

"2학년들이지. 어느 정도 구조에 대해서는 알 테니, 넘어가도 되겠지?"

"네, 교수님."

나와 민수가 동시에 대답했다.

민수도 공부는 꽤 하는 편이었다. 포병 출신이라 계산도 정확했고.

한석만 아무런 대답을 하지 않았다. 한석을 바라보았다.

나와 민수의 눈치를 보더니 녀석이 말했다.

"저…… 'F'임다."

'헉. 여기 폭탄이 있었네.'

한 교수가 의아하게 물었다.

"에펠탑 할 때는 구조계산 직접 했다면서?"

"그렇습다. 그래도 에펠탑 만들면서 민수 선배한테 많이 배웠습다. 트러스 구조는 자신있습다."

에펠탑은 '트러스 구조'만 알면 계산이 가능하다. 아니, 에펠탑 자체가 트러스의 집합체다.

"민수야. 얘 믿을 만하냐?"

"네, 트러스 구조 하나는 저보다 더 잘할 겁니다."

"하나만?"

"네, 트러스 하나만!"

"끙."

한석의 목이 움츠러들었다.

"처음부터 설명해 주십시오."

"구조계산은 두 가지만 알면 된다."

초롱초롱한 눈으로 한 교수를 주목했다.

"하중의 크기와 방향!"

"소문 들으셨습까?"

"뭔데?"

"10층짜리 주차 타워를 하기로 했담다."

어제 한 교수가 비웃으며 말했었다.

'고작 10층의 난쟁이 건물로 무슨 구조대전을 말하냐. 구조가 장난이냐.'

한 교수의 예측은 어긋나지 않았다.

그의 기준으로는 장난치는 것이었다. 안타깝지만 우리나라의 현실이기도 했다.

"그러게 말이다. 우리는 그걸로 했어도 벅찼을 텐데."

"그쪽은 이미 구조계산 다 끝났담다."

"벌써? 우리랑 거의 비슷하게 시작했잖아."

"그러게 말임다."

이 말에는 민수가 답했다.

"그쪽은 담당교수가 뭘 할지 다 정해주고, 그 세미나 선배들한테 구조계산해 오라고, 다 분배했대요."

한석이 부르르 치를 떨었다.

"벌써부터 장난질이냐! 치사하게 물량으로 밀어붙이다니. 비겁한 놈들!"

한석은 단순하여 호불호가 확실한 녀석이었다.

그때 한 교수가 들어왔다.

"무슨 얘기 중이었냐? 왜 이렇게 시끄러워?"

한석이 들은 이야기를 해주었다.

"난 또 뭐라고. 신경 쓰지 마."

"교수님, 그래도 어떻게 신경을 안 씁까? 벌써 저쪽은 구조계산이 끝났다는데 말임다."

그래도 교수 앞이라고 한석은 목소리 톤을 한 톤 낮췄다.

"그깟 구조계산 우리도 하루 만에 끝낼 수 있어. 안 그러냐? 성훈아."

'그렇죠. 조금만 더 있으면 더 좋은 구조계산 프로그램이 나올 테니까요.'

하지만 지금은 더 좋은 프로그램이 나오지 않았다.

아직도 일일이 숫자를 쳐서 넣어야 답이 나오는 DOS 기반 프로그램만이 판치고 있었다.

어느 세월에 그 숫자를 다 집어넣는다는 말인가?

그랬기에 벌써 끝난 것에 놀란 것이다. 우리는 밤을 새도 안 끝났을 텐데.

한 손으로 열 손 못 이기는 건 분명한 사실이었다.

'너무 큰 기대는 하지 마시라고요.'

한 교수는 나를 컴퓨터 관련이라면 다 잘하는 걸로 철석같이 믿고 있었다.

"나 또 한 시간 뒤에 수업 있다. 해놓은 거 내놔 봐!"

한 교수가 우리의 개략적인 구조도면을 점검했다.

그는 안 한다면 몰라도, 하기로 한 이상 대충 넘어가는 법이 없었다.

"잘했네."

그의 간단한 감상평이었다.

"잘했는데, 새롭지 않아. 초등학생도 할 수 있는 거야."

'걸핏하면 초등학생이래.'

당연히 우리 인상이 좋았을 리가 없다.

하지만 전문가인 한 교수가 보기에는 우리가 딱 그랬을 것이다.

한 교수 자신의 말에 따르면 산수만 할 줄 알면 한다고 했으니, 그의 반응은 당연했다.

왜 구조가 산수냐고?

한 교수가 어제 말했었다.

"단위가 좀 더 커지는 것뿐이야. 10단위에서 1,000,000단위로 커지는 거고. 곱하기 몇 번 더하는 거야!"

그리고 칠판을 탕탕 치면서 말했었다.

"더하기 할 줄 몰라? 곱하기 할 줄 몰라? 가르쳐 줘?"

그리고 그는 몸소 증명을 했다.

현재 기숙사 도면을 가지고 와서는 보와 기둥의 두께가 그렇게 산출되었는지를 설명했다.

"자, 이 보의 크기가 왜 300*500인지, 왜 철근이 20개 이상 들어가야 하는지 이해됐지? 어려워?"

우리는 아무 말 하지 못했다. 너무 쉬워 보였으니까. 그야말로 산수처럼 했으니까.

"이대로만 하면 되는 거야. 끝!"

이 이후, 우리는 한 교수 앞에서 감히! 구조계산이 어렵다는 말을 꺼내지 못했다.

"보의 두께가 1m가 넘네?"

"당연한 거 아닙니까? 수직방향의 하중을 받는데, 보가 두꺼워야 문제가 없을 것 아닙니까?"

나름 밤을 새면서 내놓은 결과물이었다.

그러나 한 교수는 만족하지 않았다. 오히려 이렇게 반문했다.

"우리가 당연한 거 하려고 하는 거냐?"

'무슨 말을 하려고 그렇게 웃고 있는 거냐, 이 양반아.'

구조에 대해서 확실하게 알지 못하니 이렇게 반응할 수밖에 없었다.

'일단 배우고 나면 봅시다. 한 교수님.'

자신감이 붙는다면 다음에는 이런 일방적인 관계가 되지

않을 것이다. 젠장! 두고 보자.

배운다는 것이 이렇게 나를 주눅 들게 할 줄이야. 사람은 뭐가 되었든 배워야 한다.

"보의 두께를 반으로 줄여!"

"엑!"

어제부터 한 교수는 나를 부쩍 놀라게 하고 있었다.

'될 거라고 생각하나? 대체 나를 얼마나 신뢰하는 거지?

나와 똑같은 반응을 보이는 사람이 또 하나 있었다.

"엑, 교수님. 너무하시잖습까?"

참다못한 한석이 대들었다. 나도 거들었다.

"그러다가 구조가 약해서 문제라도 생기면 어떡합니까? 교수님."

보의 두께를 반으로 줄이라니, 듣도 보도 못한 소리였다.

더군다나 지금까지 해온 것도 우리들로서는 한계치였다.

밤을 새워가며 구조계산을 했다. 해본 결과 구조계산은 한 교수의 말과 같았다. 구조계산은 산수였다. 다만 좀 복잡한 산수. 고정하중과 적재하중을 모두 숫자로 환산하고, 그 숫자를 기둥과 보의 크기로 치환하면 되는 것이었으니까.

여기서 조금만 세심한 배려를 더하면, 절대 안전하면서도 가장 경제적인 기둥과 보의 크기가 나온다.

"그렇게 겁내면서 무슨 건축을 하나! 너무 겁 없이 덤벼서 일어나지 말아야 할 사고가 생기는 것도 문제지만, 너무 겁을 내서 시도도 안 하는 건 더 큰 문제야!"

그 말을 하는 한 교수의 눈에서 기대감이 흘러나왔다.

'풀 수 없는 문제를 내지는 않아. 풀어봐!'라는.

한 교수가 말했다.

"하지만 한 층에 보 높이만 1.5m가 되어서는 낭비라고. 안정적이기는 하겠지만."

모두 낭비는 아니다. 그 공간을 전선과 설비가 지나가지만, 그게 전부 쓸모 있는 공간이라고 말하기는 어려웠다.

"똑같은 50층인데, 어떤 건물은 250m이고, 어떤 것은 200m라고 해봐. 어떤 것이 자재가 덜 들고 더 효율적일지. 높으면 높을수록 풍하중의 부담은 더 커지는데, 그걸 감당하고 싶어?"

한 교수는 실질적인 이유를 대면서 우리를 설득했다.

"내가 건축주라면 높다는 데 포커스를 두지 않겠어. 똑같은 층수를 사용할 수 있다면 훨씬 더 비용이 저렴한 것을 원하지 않겠어?"

비용의 절감은 기술의 혁신에서 나온다.

남들과 똑같이 만들면서 무슨 혁신을 말하고, 발전을 말하겠나?

한 교수는 거기에 풍(風)하중에 대한 설명도 보탰다.

"고층 건물이란 바람 부는 진흙 위에 길쭉한 종이 박스를 세우는 것과 같다."

한 교수는 땅이라는 것이 그렇게 단단한 반석이 아니라는 것을 진흙으로 표현했다.

"낮은 건물은 정사각형 박스와 같아서 웬만한 바람이 불어서는 끄떡도 하지 않아. 하지만 고층 건물은 땅 위에 꽂아놓은 바게트 빵과 같아서, 바람이 불면 흔들리게 되어 있지."

그는 팔뚝 아래를 세우고 흔들흔들 하는 모습을 재현했다.

"높이가 높아질수록, 풍하중을 견디기 위해 기둥이 굵어질 수밖에 없다. 경제적이지 못하지. 그러므로 효율적인 해결책은 최대한 층고를 낮추는 것이다."

우리는 한 교수의 주문을 이해했다.

"이제 충분히 알아들었겠지. 그럼 보의 높이를 낮출 고민을 해보도록."

문을 나서며 한 교수가 말했다.

"고층 건물? 그거 마냥 높게 짓고 싶은 건축주는 없어. 세계 최고(最高)의 건물을 자랑해서 뭐하겠어. 돈도 안 되는걸. 북한의 누구처럼 '나도 고층 건물 있다!'라고 자랑하고 싶은 양반이 아니라면 말이야."

"휴. 압박감이 장난이 아니네요. 형."

어려운 미션이 내려왔고, 우리에겐 해결할 일만 남았다.

명쾌한 결론으로 작업을 재시작해야 했다. 나마저 힘이 빠지면 될 일도 되지 않는다.

"63빌딩이 249m. 층당 평균 높이가 4m다."

"무슨 말씀이심까?"

"이거보다 낮으면 되는 거 아니냐?"

훗날 더 높은 빌딩들이 즐비하게 들어서겠지만, 지금은 63빌딩이 최고였다.

"우리는 평균 층고 3.5m로 간다."

건물을 개략적으로 재설계하고 구조도면을 뽑아 의논 중이었다.

구조도면이란 기둥과 보 등의 위치와 크기를 표시한 도면을 말한다.

"한 교수, 계신가?"

우리 과 구조 세미나 교수 두 명이었다.

진 교수는 구조 세미나 책임교수였고, 또 한 사람은 정명호 조교의 담당교수인 박 교수였다.

나를 비롯한 3명이 일어나서 인사를 했다.

"한 교수님, 지금 수업 들어가셨습니다."

진 교수는 기특하다는 듯 웃으며 우리에게 하던 일을 하라고 했다.

"그래? 여기도 구조대전에 참가를 한다고 해서 걱정돼서

와 봤다네. 내가 구조세미나 책임이잖나. 허허!"

진 교수가 큰 책상 위에 흩어져 있던 구조도를 집어 들고
말했다.

"호오. 꽤나 고층인데?"

"네, 50층을 설계할 계획입니다."

진 교수는 흥미롭다는 듯 나를 쳐다보았고, 박 교수는 어
이가 없다는 듯 말했다.

"허허이. 50층? 경남에서? 한 교수가 너무 이쪽 실정을 모
르는 거 아닙니까?"

"꼭 그렇게만 볼 수 있나? 미국에서만 살다 왔으니 그럴
수도 있지."

진 교수는 이해한다는 듯이 말했지만 말투에 가시가 느껴
졌다.

둘은 우리를 안중에도 두지 않은 채 구조도를 하나씩 넘기
며 우리 도면을 품평하고 있었다.

"역시 한 교수는 달라. 예일을 나와서 그런지, 스케일이
크구만."

"그러게요, 교수님. 이게 경남 지역에 가당키나 합니까?
욕심을 부리다가는 배탈이 나는 법이지요."

"시도한다는 데 의미가 있는 거지. 어떤가?"

"교수님. 아직 애들이라서 아직 50층 건물의 의미를 잘 모
르는 것 같습니다. 그깟 에펠탑 모형 하나 만들었다고 기고

만장해 가지고. 쯧쯧"

도면을 훑어보던 진 교수가 말했다.

"그런데 아직 2학년들로 알고 있는데, 꽤 정밀하게 계산을 했는데."

"그럴 리가요. 겨우 2학년들인데."

"꼭 그렇지 만도 않아. 보게나. 풍하중 계산도 어느 정도 되어 있지 않나."

"흠, 그렇긴 하네요. 아직 자세히 알지도 못할 텐데, 걱정입니다."

진 교수가 물었다.

"성훈 군, 이거 한 교수가 계산한 건가?"

"아닙니다. 저희가 한 겁니다."

진 교수가 흥미롭다는 표정을 지었다.

"오호, 그래? 공부들을 열심히 했구만. 한 교수가 잘 가르쳤어."

"교수님, 꼭 그런 건 아닌 것 같습니다."

"무슨 말인가?"

"여기 H형강으로 된 보를 보십시오. 너무 얇지 않습니까? 이런 수수깡 같은 보로 어디 하중을 버텨내겠습니까? 어이가 없군요."

보의 두께를 줄인 것을 정확하게 지적했다.

"그렇군, 성훈 군. 이건 어떻게 된 건가?"

"보를 얇게 하면 층간의 높이도 좀 더 줄어들지 않을까 해서요."

"그 말은 맞네만, 각 층의 하중을 버텨내기에는 많이 부족해. 기본적으로 단면적이 있어야 버텨내지 않겠나?"

충분히 일리가 있는 말이었다.

기둥이든 보든 단면적이 클수록 더 많은 하중을 소화할 수 있는 것이다.

"저희도 그 부분이 걱정입니다만, 한 교수님께서는 다른 혁신적인 방법을 찾아보라고 하더군요."

"그래? 자네들이 풀기엔 너무 어려운 미션을 준 거 같은데. 흠. 해결책은 찾았나?"

"아직은 찾지 못했습니다."

"그래? 찾으면 좋은 결과가 나오겠구만. 하지만 명심하게. 보기만 좋다고 뽑히는 것이 아니야."

"네, 조언해 주셔서 감사합니다."

한참을 둘이 얘기를 나누다가 일어섰다.

"그럼 수고하게나. 가 보겠네."

셋이 동시에 일어나 인사를 했다.

둘이 걸어가는 복도에서 말소리가 들렸다.

"교수님, 한 교수 저 인간. 너무 과욕 부린 것 아닙니까?"

"홋. 해결책이 있으니까 저런 것 아니겠나?"

"아무리 총장님이시라도 이번에는 할 말이 없으시겠지요?"

"총장님이 저렇게 기본도 모르는 애송이를 데려왔을 리는 없잖나."

"그래도 저 보의 단면은 확실히 문제가 있지요. 바닥이 안 무너지면 다행이겠습니다. 하하."

"한 교수가 잘 알아서 하겠지. 아무렴 총장님이 실력이 없는 자를 그 자리에 앉혔겠나."

"만약 보에서 터무니없는 구조적 결함이 발생한다면, 그건 곧 교수 자격이 없다는 말과 마찬가지 아니겠습니까?"

"그러게 말이야. 저런 일을 경험 없는 아이들에게 맡기다니. 한 교수. 보기보다 경솔했어."

"자리가 비게 되면 우리 명호를 그 자리에 앉히면 어떻겠습니까. 헤헤."

박 교수의 손바닥 비비는 소리가 들리는 듯했다.

"어허, 이 사람이! 누가 들으면 어쩌려고. 못 하는 말이 없구만."

"죄송합니다."

"그나저나 잘돼야 될 텐데."

"명호는 걱정 마십시오. 혁신은 무슨 혁신입니까? 학교 망신이나 안 시켰으면 좋겠습니다."

"나도 그럴 일이 없으면 좋겠네. 허허."

쥐죽은 듯 가만히 있던 한석이 성질을 냈다.

"선배님, 박 교수 저거 완전히 간신배 아닙니까? 성질 같아서는 확!"

"그걸 받아주는 진 교수님도 보기 좋지 않네요. 참!"

'뭐, 수수깡? 저 수수깡 같은 다리몽둥이를 콱!'

애초에 좋은 사이가 되기는 글렀다. 미운 놈이 예쁜 척을 해봐야 멸시만 받을 뿐이다.

"됐어. 앉아. 결과로 보여주면 되는 거야."

"선배님! 그렇게 다 보여주면 어떻게 합니까? 아주 대놓고 와서 염탐을 하고 가네. 얼굴도 두껍게시리."

그럼 어쩌라고. 숨기랴?

"한석아. 그렇게 억울하면 너도 가서 염탐하든지."

"안 그래도 그럴겁다. 걱정 마십쇼. 선배, 내 이놈들을 속속들이 파헤쳐 주지."

민수가 볼을 부풀리고 있는 한석을 달래며 내게 물었다.

"형. 뭐 특별한 방법이라도 있어요?"

아직 해결책을 찾지 못했다.

"좀 더 고민해 봐야지. 안 되면 교수님한테 물어보고."

"교수님도 너무하시지 말입다. 우리가 대학원생도 아니고."

"한석아, 이 문제는 대학원생에게도 어려워. 안 그래요. 형?"

내가 할 말은 하나밖에 없었다.

"더 고민해 보자."

"여기서 고민한다고 답이 나옴까?"

"좋은 아이디어를 찾는 방법은 최대한 많이 생각을 해보는 것뿐이야. 다른 관점에서 아이디어를 내 봐."

"쳇. 제가 아는 관점이 트러스구조밖에 더 있습까? 압축과 인장!"

"기둥의 작은 단면적을 보완해 줄 뭔가가 있다면 되겠죠."

우리는 다시 긴장의 줄을 팽팽하게 당겼다.

"선배님, 큰일났습다."

이번에는 또 뭐길래 저렇게 설레발을 치는 거지?

"명호 선배 팀에서 우릴 완전 겨냥했습다."

"어차피 교내에서 경쟁 팀은 우리밖에 없어. 결론을 말해 결론을!"

"쳇. 사람 말을…… 네! 결론만 말하겠습다. 10층짜리 주차타워를 30층으로 바꿨습다."

그걸 어따 쓰려고. 널찍한 울산 바닥에 주차할 곳이 없을까 봐? 서울이라면 모를까?

"그래서. 그게 뭐?"

"그냥 그렇다는 말임다. 쳇."

"한 번만 더 헛소리 해대면 가만 안 둔다."

"선배님, 이번에는 진짜 빅뉴스! 헉. 진짜라니까요."

우리 둘의 다툼을 듣던 민수가 피식 웃었다.

"말해봐. 이번 뉴스는 뭔데?"

한석이 민수에게 눈을 흘겼다.

"배신자는 말하지 마시지 말임다."

민수가 어안이 벙벙해졌다.

'엥? 무슨 배신자?'라고 묻고 있었다.

"민수 선배 사촌이 이번에도 우리 적에게 붙었슴다. 배신자가 아니고 뭐…… 컥!"

가는 길이 다르다고 적이면, 세상에 적 아닌 사람이 어디 있나?

"적은 무슨, 너랑 다르면 다 적이냐?"

우리 대화를 듣던 민수가 대수롭지 않다는 듯 말했다.

"녀석. 이번에는 또 뭘 사고 싶어서 그러는 건지?"

"그게 무슨 말임까?"

민수 사촌인 민석은 우리가 에펠탑을 만들 때 다른 팀의 무량수전을 만들었던 사람이었다.

그 손재주는 한 교수도 감탄할 정도로 대단했었다.

우리가 예상치 못한 아이디어로 그의 탄성을 자아냈다면, 민석은 순수한 실력으로 한 교수의 감탄을 자아냈었다. 물론 그 팀이 만약 민석의 도움 없이 그런 모형을 만들었다면, 우리와 박빙의 승부가 되었을지도 모를 일이었다.

"걔가 전동 공구 욕심이 되게 많아요. 독일제 로우터를 사고 싶었는데, 집에서 돈을 안 주니까. 알바를 했대요."

한석이 분개하며 외쳤다.

"어떻게 그럴 수가! 고고한 장인 정신을 고작 독일제 로우터에 팔았단 말임까? 오호, 통제…… 컥!"

이번에는 뒤통수를 맞자마자 나를 돌아보며 따졌다.

"제가 틀린 말 했슴까? 선배님!"

"치겠다? 어쭈. 이게 아주 전통장인들 대(代)를 끊을 소릴 하고 있네? 장인은 돈 좋아하면 안 되냐?"

한 대 더 때릴 듯이 윽박을 질렀더니 녀석의 목이 움츠러들었다.

"대목장의 핏줄이 그런 꼼수를 부리는 일이나 하고, 부끄럽지 않냐는 말이었슴다."

민수의 기분을 살폈다. 기분 나쁘지 않았을까?

민수는 별로 신경 쓰지 않는 듯했다.

"괜찮아요. 아버지도 그 얘기 듣기 싫어하셔서 일체 티를 안 나세요. 아는 사람 많이 없어요."

얼마나 그런 이야기를 많이 들었으면, 저렇게 웃어넘길 수 있는 걸까?

전통장인이 돈을 많이 버느냐? 그렇다면 얘기가 다를 수 있다. 유명세 덕에 돈을 버는데, 아무것도 모르는 자의 비난이 뭐가 그리 두려우랴! 나라면 감수하고 만다.

하지만 단지 이름이 있다는 이유만으로 혜택은 코딱지만큼 주면서, 바라는 것은 산처럼 많으니, 불합리하다고 생각되지 않은가?

일이 비록 힘들지라도, 명예가 있고 돈도 많이 번다면 우리나라 젊은이들이 줄서서 가르침을 받으려 할 것이다.

전통장인은 자기 기술로 밥벌이하면 안 되는가?

자개장 만드는 장인이 가구공장에서 일하면 안 되는가?

사정 뻔히 아는 장인들끼리도 손가락질을 한다. 자존심을 버렸다고, 예술혼을 더럽혔다고.

애새끼 분유값도 없는데, 무슨 자존심이며, 예술혼인가?

신문지상에서도 그런 예를 다루지만 일회성 흥미 위주로 끝이 나니, 그마저도 장인의 마음을 아프게 한다.

대우는 해주지 않으면서 고고함을 요구한다? 그건 불합리하지 않을까?

한석에게 버럭 소리를 질렀다.

"장인은 땅 파면 돈 나오냐? 꼼수를 부린 것도 아니고, 그냥 손만 빌려준 건데 뭐가 문제냐?"

"선배님은 짜증도 안 나십까?"

"헐. 옛날에 건축하신 분들은 전부 권력자 밑에서 빌붙어 건축을 한 건데, 그분들은 전부 변절자냐?"

한석은 장인을 독립투사급으로 생각하는 것 같았다.

"사람들이 해주는 것 없이 원하는 것만 많으니까, 장인들이 굶어죽고, 대가 끊기는 거야. 국가에서 장비들을 무상으로, 아니, 하다못해 저렴한 비용에라도 대여해 줘봐라. 그 친구가 하겠냐?"

반드시 국가를 탓할 것은 아니겠지만, 나는 지금 이후의 역사를 일부 안다.

대가 끊어져 찾지 못하는 전통공예가 헤아릴 수 없이 많았기 때문에 발작적으로 욱해 버렸다.

민수와 한석이 돈을 동그랗게 뜨고, 나를 바라보고 있었다. 겁먹은 듯했다. 숨을 가라앉혔다.

"한석아. 전통을 잇는다는 건 말이다, 돈이 많이 드는 일이다."

"그게……."

잘 모르니 할 말도 없는 것이리라.

살면서 전통이라는 것을 생각해 본 적이 있었을까?

안타까운 현실이지만, 자존심도 돈이 있어야 지킨다. 뱃심에서 배짱이 나온다는 말이다.

내가 돈에 연연하는 것도 같은 의미가 아닐까?

비록 사용하지 않더라도, 든든한 배경이 되어준다.

민수가 말했다.

"형 말씀대로야. 예전에는 흔하게 구하던 아교풀도 구하기 어려워졌거든."

아교(阿膠)는 동물의 가죽, 힘줄, 창자, 뼈 등을 고아서 만드는 풀을 말한다. 재료에 따라 동물아교, 어류에서 나오는 부레풀, 식물로 만드는 해초풀과 녹말풀 등이 있다.

그런 재료들을 달여서 풀이 될 때까지 고아야 아교를 만들

수 있다.

사람의 손이 많이 간다. 당연히 비쌀 수밖에 없다. 화학 본드와 풀이 만연한 세상에 누가 이런 것을 쓰겠는가? 희소 가치가 있으니 더 비싸다.

그러나 전통공예에서는 그것들을 사용해야 한다.

0.1%의 어김도 없이 전통(傳統)을 지키기 위해서다.

비단 아교뿐이겠는가?

먼 훗날, 전통장인들이 사라지고 나서야 아쉬워하며 후회를 할 것이다. 우리나라를 나타낼 수 있는 가장 독창적인 것들이 유물이 되어가고 있다. 아직도 세상과 타협하지 않고, 그 뿌리를 이어가는 장인들이 소수 있다.

고집스럽다고 욕하겠지!

왜 가족들을 힘들게 하면서, 제 자존심만 세우냐고 비난할 것이다. 그러나 어쩌랴. 선대에게 그렇게 가르침을 받았고, '죽을지언정 자존심을 지키라' 유언을 받았으니.

이것이 진정한 장인 정신이다.

"민수 선배. 죄송함다. 너무 생각이 짧았슴다."

"아냐. 누구나 그렇게 생각할 건데."

민수가 쓸쓸하게 웃었다.

나는 전통공예, 전통 건축, 전통이라는 이름이 붙은 것은 몽땅 해외로 내다 팔고 싶은 사람이다.

그러기 위해서 반드시 필요한 사람들이 전통장인들이었다.

일이 년 배운다고 전통의 정수를 깨달을 수 있을까?

그게 숫자 몇 개로 단어 몇 마디로 이해가 되는 것이던가?

지금 우리나라의 전통은 뿌리부터 무너지고 있었다. 자생력 없이 말이다.

자생력? 관점을 약간 바꾸면 간단하지 않을까?

국가적 차원에서 안 된다면 기업적 차원에서라도 전통문화에 대한 지원이 가능하다면?

해외에서 우리 전통문화에 흥미를 가질 수 있게 할 수 있다면, 젊은이들이 너도나도 그 일을 선망할 것이고, 전통문화의 명맥은 굳건하게 이어질 것이다.

단언컨대, 우리나라를 강국으로 만드는 것은 자원이 아니라 전통문화가 될 것이다.

돈이 되는 일을 만들어주면 된다. 그들이 좋아하는 일을 하면서도 생활을 이어갈 수 있도록. 외국인들이 한복이 좋아서 사고 싶어 하고, 주문이 이어진다면 한복 장인의 가위가 신명나게 비단 폭을 가로지르지 않겠는가?

한옥이 좋아서 호주에 한옥을 짓고 싶다.

알래스카에서는 구들장을 좋아해서 한옥을 꼭 짓고 싶다.

사우디에서는 한국 전통격자무늬 창이 너무 좋아서 한옥을 짓고 싶다.

우물 옆에서 등목하는 게 너무 좋으니, 한국식 우물을 만들고 싶다.

생각만 해도 황홀하지 않은가?

터무니없는 소리 하지 말라고?

대한민국 전통문화가 그 정도의 가치가 없을 것 같은가?

있다. 미래를 아는 나는 확신할 수 있다.

내가 중동의 부자들에게 우리 전통문화를 선보일 수 있다면, 나는 그날로 그들이 환장해서 돈 싸들고 오게 할 수 있다.

돈은 집에 쌓아둘 만큼 있고, 벽을 금으로 도배할 수 있는 그들이 느끼는 것은 무료함이 아닐까?

돈? 지겹다.

여자? 지겹다.

음식? 건강을 위해서 소량만 먹는다. 1g에 수백, 수천 달러짜리로.

지겹지 않게 할 자신이 있었다.

오늘은 한국건축, 하루로 모두 알 수 있는가? '그렇다'라고 대답한다면 미친 사람이다.

수천 년 역사를 하루아침에 이해할 수 없고, 그 색다름을 알 수 없다.

한 달 뒤에는 한국의 전통복식, 그다음에는 수묵화, 음식, 전통주, 전통의 종류는 수천가지다.

나도 그 끝을 알 수 없다.

'문화를 파는 게 뭐가 어때서! 자원강국이 못 된다면, 문화강국이라도 되자고!'

홍보되지 않았을 뿐 제대로만 알리게 되면 세계의 금과 달러는 몽땅 한국으로 모일 것이다. 적어도 내게 있어서는, 전통장인들은 과거의 유산이 아니라 미래의 보물들이었다.

'다가오는 2002 월드컵? 내가 '한국 전통의 장'으로 만들어 버릴 거야!'

23장
보이는 것이
전부는 아니다(3)

　한 교수는 논문에 집중하고 있었다.

　뭔가 막힌 것이 있는 듯 면도를 하지 못해 수염 난 턱을 긁고 있었다.

　우리가 밤새면서 연구하는 동안, 그도 퇴근하지 못하고 논문에 매달렸다

　"어, 왔어? 숙제는 다했고?"

　교수에게 의기양양한 웃음을 띠며 말했다.

　"답을 찾았습니다."

　"기대되는걸. 좀 더 걸릴 줄 알았더니."

　"기둥 간격을 좁히려고 했습니다만, 그건 쓸모가 없더군요."

　"당연하지. 기둥이 많으면 가용면적이 좁아지지. 비용도

올라갈 거고."

이미 답을 알고 있으니 내놓으라며 재촉했다.

"와이어로 보 중앙의 하중을 분담시키기로 했습니다."

"일단은 정답에 근접했어. 어떻게 분담시킬지도 말해야 겠지?"

"두 가지 방안이 있더군요."

한 교수의 미간이 모아졌다.

"응? 두 가지? 한 가지가 아니고?"

미소를 지으며 그에게 V사인을 보냈다.

"네, 두 가지."

예상치 못했던지 한 교수는 거친 수염을 쓰다듬었다.

"거기까지만 해도 공부를 꽤 많이 한 건데, 다른 방식이 또 있다고?"

'맞춰 보시죠.'

이번에는 한 교수가 고민할 시간이었다.

오는 게 있으면, 가는 것도 있어야지.

내가 지난 삶에서는 공부를 제대로 하지 않아서 헤맸지만, 일방적으로 당할 수야 있나!

입을 삐죽거리면서 한 교수가 말했다.

"일단 와이어는 정답이야. 보가 길어지면 처짐이 발생할 수밖에 없으니까. 그 처짐을 방지하기 위해서 보 자체를 보 강하는 수밖에는 방법이 없지."

한 교수가 말한 처짐 해결책은 긴 보의 중간 아래쪽에 와이어를 집어넣어 당기는 방법이었다.

　하중으로 인해 가장 많은 처짐이 발생하는 부분은 중앙이었다. 가운데가 푹 꺼진 'V'자 모양의 처짐이 발생한다.

　처짐과 동일한 모양으로 중앙의 하단 부분에 구멍을 뚫고 와이어를 통과시켜 바짝 당겨 버리면, 'V'형에서 쫙 펴진 '⏄' 형이 되는 것이다.

　인장력 최고인 와이어의 인장력을 이용한 방식이었다.

　손가락을 튀기며 말했다.

　"하나는 맞추셨습니다. 하지만 보의 두께가 얇은 관계로 좌굴현상이 생길 위험도 있죠. 우리 보의 단면으로는 버티지 못할 가능성이 큽니다. 50점!"

　"크흠. 인정하지. 그런데 이제 네가 점수를 매기는 거냐? 이거 주객이 전도됐는데."

　"아직 하나가 남았습니다. 교수님!"

　자신의 의견이 좋지 않다는 평을 들었지만, 한 교수는 오히려 흐뭇해했다.

　"음, 또 하나가 있다는 말이지?"

　그것 또한 알고 있다는 듯 나를 지긋이 올려다보며 웃었다.

　"보 중앙에 와이어를 걸고 위층의 기둥 바닥에 'V'자로 연결하는 방법이 있기는 하지. 하나, 그건 좋지 않은 방법인데."

　당연한 말이었다.

주로 고층 빌딩의 경우, 외벽의 마감을 유리창으로 하는 경우가 많은데, 층층마다 'V'자 와이어가 있어서야.

'뭐. 그것도 구조미라고 할 수 있겠지만.'

나도 동의했다.

"맞습니다. 미관상도 좋지 않죠."

"그럼 그건 아니란 말이지. 흠."

스무고개 하듯이 한 교수는 의견을 말했고, 나는 고개를 저었다.

"힌트를 좀 주지? 나도 많이 줬는데."

"한 교수님, 대신에 모형 만들기는 제가 주관할 겁니다."

"그럼 당연히 네가 해야지. 나 바쁜 거 안 보이냐?"

한 교수는 항의하듯이 논문 뭉치를 내 앞에 대고 흔들었다.

'이건 제동장치지. 명분이고.'

승부에서 지기 싫어하는 한 교수의 성격상, 마감 기한이 닥쳐오면 자기 방식대로 하자고 우길 우려가 있었다.

나는 그걸 애초에 막고자 했던 것이다.

베를린에서의 마지막 날에도 자기가 하고 싶은 '우주 건축'을 말하며, 밤새 나를 괴롭혔었다.

'으……. 아주 집요했었지!'

"그럼. 제가 완전 주도하는 걸로 하고!"

"OK. 힌트!"

"줄사다리."

"아하! 요 영악한 놈들! 아니, 이럴 땐 기특하다고 해야 하나?"

한 마디의 힌트에 한 교수의 머리에는 이미지가 탁탁 떠올랐던 것 같다. 생각이 안 나서 그런 거지, 관점을 바꾸면 그 다음은 식은 죽 먹기가 아니던가?

"그러니까, 네 녀석들 생각은 보의 중앙에다가 와이어를 걸고 그걸 위에 보에 매달겠다는 거네? 줄사다리처럼."

그렇다고 씨익 하고 웃어줬다.

한 교수가 박장대소를 하며 웃었다.

"좋아. 좋아. 아주 좋아. 신선해!"

웃던 그가 엄지를 척 치켜들었다.

"그럼 와이어에 걸리는 하중들은 어떻게 분산할지도 생각했겠네?"

"네, 10층마다 하나씩 층고를 높여서 보의 깊이를 1.5m로 할 계획입니다. 설비실로 써도 좋고, 물탱크를 놔도 되겠죠."

"그렇지. 바로 보에다가 걸면 아무리 보가 깊어도 부담이 클 테니까. 'Y'자로 걸겠지?"

"네, 그것 때문에 보를 키운 거니까요."

"좋아. 그 정도 깊이라면 좌굴에 대한 염려도 없겠네. 잘 했어. 그렇게 진행해."

돌아서는 나를 한 교수가 불러 세웠다.

"그런데 성훈아. 모형은 어떻게 만들 거냐?"

"철골로 가야죠."

"철근 콘크리트도 괜찮지 않아?"

"그 부분에서 고민 많이 해봤는데요."

"그런데?"

"철근 콘크리트는 멋이 없어요. 너무 시멘트 냄새나요."

한 교수가 헛웃음을 지었다.

"야. 그게 더 만들기 편하지 않겠어?"

당연한 소리였다.

철근을 콘크리트로 감싸 버리니, 보이는 것은 단면적 사각형의 콘크리트뿐이었다.

젓가락이나 수수깡에 회색을 칠해놓고, '이게 철근콘크리트입니다' 하고 우기면 되는 것이다.

그의 말에 전적으로 반대했다.

"재미없잖아요."

"뭐야? 재미?"

한 교수가 어이없다는 눈으로 나를 쳐다본다.

누군가 말했다.

"세상에 제일 재밌는 게 뭔지 알아? 땅따먹기야! 그런데 그것보다 더 재밌는 게 있어. 그건 따먹은 땅에다가 내 집 짓는 거야."

세상에서 집짓기보다 재밌는 놀이가 어디 있는가?

그런데 그걸 수수깡으로 만들라고? 이제부터 진짜 재밌는 건데? 말이 되는 소리인가?

"그럼 어떻게 만들 건데?"

"뭐. 그냥 똑같이 시공할 겁니다. 1 : 100 스케일로."

"뭐? 조립이 아니라, 시공이라고?"

"네, 시공이요. 만드는 과정도 똑같이요. 이제부터 진짜 죠. 흐흐."

"똑같이? 진짜?"

"네, 진짜로 똑같이. H형강 크기도 굵기도 똑같은 비율로."

"진짜. 진짜?"

'이 양반이 속고만 살았나?'

"나도 해도 되지? 논문 끝나면 도와줄게."

"괜찮습니다. 교수님은 논문에나 집중하세요."

"나 담당교수거든!"

거절의 말에 한 교수가 눈을 부라리며 나에게 겁을 줬다.

"방금 전에 제가 대장이라고 못 박았거든요. 교.수.님."

'이때를 위한 복선이었다. 이 양반아.'

"야! 성훈아. 나 모형 잘 만든다고. 믿어봐!"

"됐거든요. 우리도 잘합니다."

"아! 바쁘다. 바빠."

한 교수가 눈썹이 휘날리게 뛰어다니고 있다.

"이 녀석아, 내가 논문을 빨리 끝내야 도와줄 거 아니냐?"

"교수님, 천천히 하셔도 됩니다. 도움이 필요하면 요청하겠습니다."

"매몰찬 녀석. 스승의 배려를 무시하다니."

우리 중 아무도 한 교수에게 도움을 요청하지 않았다.

한 교수 혼자서 모형 제작에 끼어들기 위해 설레발을 치고 있는 것뿐이었다.

"바쁘다. 열라 바쁘다. 끝이 보이는구나!"

그의 말을 뒤로하고 우리는 재료를 구입하기 위해 밖으로 나왔다. 등 뒤로 한 교수의 목소리가 들린다.

"ㅇㅇ표 에폭시가 제일 좋아. 그걸로 사와야 돼. 꼭! 알았지!"

화방에 들르기 위해 교문을 지나치고 있었다.

"형. 교수님께서 기대가 크신 모양인데요."

"그러게 말입다. 에펠 만들고 나서도 한참 타박을 받았잖습까. 왜 안 불렀냐고."

민수가 재밌다는 듯 웃었다.

"아마 우리 제작 동영상이라도 안 드렸으면 한동안 시달렸을 거예요. 하하."

"뭐. 집 만드는 건 누구나 좋아하니까. 특히나 한 교수님은 더하시겠지."

"그런데 한 교수님 쓰시는 논문은 언제 발표하시는 거예요?"

"그거? 이번 서울에서 열리는 학술회의에 참석할 거고…… 좀 더 보완해서 일본 심포지엄에도 가실 것 같던데?"

"와! 그런 곳을 아무나 갈 수 있슴까?"

"한 교수님이 우리가 보기엔 동네 형 같아도, 미국에선 꽤나 알아주던 사람이야."

"정말임까? 전혀 그렇게 안 보이시는데 말임다."

사실 한 교수가 교내에서나 찬밥 취급일 뿐, 미국 쪽에서는 저명한 교수에게 가르침을 받은 데다, 나름 미국 건축계에서도 평판이 좋은 엘리트였다.

"그나저나 이번 일본 심포지엄에서는 한 교수님 담당교수였던 분도 오신다고 하더라. 그러니까 더 논문에 신경 쓰시는 거지. 가르쳐 주신 분과 같은 위치에 서서 발표하는 거니까. 얼굴은 부끄럽게 하지 말아야지 하시던데."

"아, 그렇구나."

"왠지 다른 물에서 노는 분 같슴다. 갑자기 멀어지는데 말임다."

"그러니까 있을 때 잘하라고."

"앗! 그럼 대싸부님을 뵐 수 있는 검까? 무슨 말을 하지?"

한 교수의 스승이니, 대싸부가 되는 것인가? 잘도 이어 붙인다. 녀석!

한석은 벌써 유명 건축가를 만날 수 있다는 기대에 눈빛이

몽롱해졌다.

"한석이. 영어는 잘하냐? 그분이 한국말을 할 거라 생각하는 건 아니겠지."

"영어 그까짓 거 금방임다."

"열심히 해봐."

"그런데 민수 선배한테는 왜 안 물어 보심까?"

"민수? 얘는 원서로 된 책을 들고 다니는 걸 많이 봤는데?"

"엑. 정말이심까?"

민수가 쑥스러운 듯 얼굴을 붉혔다.

"그냥. 좀 관심이 있어서. 잘은 못해."

"헤헤헤. 그럼 그렇지 말임다."

"이번에 토익 쳤는데, 800밖에 못 받았어."

나와 한석의 눈이 동시에 동그래졌다.

"끄읍. 토익 800 말임까?"

나도 예상하지 못했다. 그 정도까지 할 줄은…….

부끄럽지만 나는 지극히 실전 영어일 뿐이었다.

토익에서 점수를 잘 받을 거라는 생각은 못 해봤는데, 대단한 녀석!

만드는 것은 준비가 반이다. 그 말은 즐거움도 반이라는 것이다.

어떻게 만들까 행복한 고민을 하면서 우리는 재료들을 사서 교수실로 들어왔다. 그리고 재료를 늘어놓기 시작하자 순식간에 교수실은 시장 바닥이 되었다.

그리고 오면서 공업사에 주문해 두었던, H 형강도 받아서 왔다. 딱 1 : 100 스케일로 된 것 말이다.

"야! 진짜 똑같이 만들었네."

어느새 논문을 집어 던지고, H 형강을 보며 감탄하고 있었다. 장난감을 눈앞에 둔 소년 같았다.

"건드리지 마시죠. 교수님."

"야, 건드리는 것도 안 되냐?"

"논문 끝내기 전에는 손도 댈 생각하지 마세요."

전에 한 교수와 약속했다시피 만들 때는 내가 대장이었다.

각자의 포지션은 이미 정해졌다. 에펠탑을 만들면서 호흡을 맞춘 우리가 아니던가.

나는 부동의 감독관, 손재주 좋은 민수는 장인, 시키면 잘하는 한석은 심부름꾼.

"쳇. 왜 저만 심부름꾼임까? 선배님."

"심부름이라도 잘하면 장인 보조로 승격시켜 주지."

"알겠슴다."

"어허, 빨리 재료 준비 안 하지?"

"네네, 감독관님. 헉. 한다니까 말임다."

"그건 뭐냐?"

"거푸집 만들 겁니다."

"무슨 거푸집?"

"똑같이 만든다고 했잖아요. 중공슬래브를 만들려고 하다가, 너무 멋이 없는 거 같아서 와플슬래브로 바꿨어요."

슬래브란 골조의 바닥을 말하며, 그 종류에는 1방향 슬래브, 2방향 슬래브, 와플, 중공 등등 여러 가지가 있다.

그중에서 중공슬래브란, 슬래브 내부가 비어 있는 것을 말한다.

실제로 슬래브의 상부는 압축력을 담당하고, 하부는 인장력을 담당하게 된다.

그런 힘의 전달에 있어서 중앙의 부분은 이론적으로는 '+', '−' 해서 '0'이 되게 된다.

그 부분을 비워서 콘크리트가 덜 들어가게 하는 것이다.

바닥판 자체의 하중이 가볍게 되어 하중부담을 덜 주면서도 그 하중은 모두 분산하는 구조이다.

와플슬라브는 아래쪽에서 보면 와플처럼 생겼다고 그렇게 부르는 것이다. 실제적으로 용도에 따라서 사용하는 것일 뿐 구조계산만 정확하다면 아무런 문제가 없었다.

"아무래도 밋밋한 바닥보다는 올록볼록하면 멋있잖아요."

물론 실제로 건물을 짓게 된다면 천장 마감 때문에 보이지 않겠지만, 우리는 거기까지 마감할 생각이 없었다.

뭐니 뭐니 해도 구조를 보여주는 것이 목적이 아니던가!

지금 한석이 낑낑거리면서 거푸집을 만들고 있다. 보다 못한 민수가 거들었다.

나는 뭐하냐고?

바닥 거푸집에 들어갈 철근을 배근하고 있다. 실처럼 가는 철사로 말이다.

'뭐 그래도 몇 개는 빼야겠지. 너무 많다. 크흑. 욕심이 과했어.'

결국 임의적으로 반 정도만 배근을 하기로 했다. 사람이 모든 것에 완벽할 수는 없지 않나!

🐚

"성훈아. 내가 도와줄까?"

"필요 없습니다."

"야!"

"논문이나 마무리 지으시죠."

민수에게로 타깃을 바꿨다.

"민수야. 이 부분은 말이야."

"……."

민수는 말없이 나만 바라볼 뿐이다.

"교수님, 민수가 거치적거린답니다."

"그러냐. 쩝."

한 교수가 제자리로 돌아갔다.

"나 잠깐 나갔다 올 테니까. 한석이 넌, 거푸집 끝내 놔!"

"네, 소장님!"

녀석이 일어나면 경례를 했다. 귀여운 녀석.

성훈이 사라진 지 10분 후.

"한석아. 좀 도와줄까?"

한 교수는 타깃을 만만한 한석으로 바꿨다.

"일 없슴다. 논문이나 마무…… 컥."

"지금 성훈이하고 똑같이 노냐? 네가 그 녀석 주니어냐?"

한석은 한 교수의 공격에 찍소리도 못 하고, 뒤통수를 어루만졌다.

'호랑이가 없으니 여우가 왕이네! 아이고.'

문을 보던 한석이 말했다.

"교수님…… 호랑이도 제 말 하면 온다더니. 헤헤."

"뭔 소리냐? 뭐 도울지나 말해."

"저기 선배님 오셨슴다."

"억! 진짜?"

한 교수의 목이 홱 돌아갔다.

성훈이 말했다.

"논문 끝나셨습니까?"

"아니. 아직……."

여전히 한 교수는 우리 작업 현장을 얼쩡거리고 있다.

"민수야. 거기는 말이야……."

"……."

한 교수가 민수에게 몇 마디 말을 걸더니 나에게로 말꼬리를 돌렸다.

"성훈아. 거긴……."

"논문 쓰시죠."

"다 썼어."

"퇴고하셔야죠. 논문이 장난입니까?"

"이…… 자식이……."

어제부터 한 교수는 모형을 만들고 싶어서 안달이 난 상태였다.

그의 말로는 일주일 고민하던 문제가 순식간에 풀렸단다. 집중의 효과라나 뭐라나 하면서.

"야! 이놈들아. 내가 지도교수야!"

"네, 알고 있습니다."

"이익……."

"나. 모형 잘 만들어. 믿어 봐."

"알고 있습니다. 예일이 보통 대학입니까. 어련하시려고요."

"이익…… 나 퇴고 거의 끝났다."

"네, 거의……."

우리는 시공에만 집중했다. 한석이가 교수에게 잠시 눈을 돌렸지만 내 헛기침에 곧바로 작업에 열중했다.

"교수님은 논문 마무리 지으셔야지 말임다. 흠흠."

한 교수는 잠시 논문을 쥐고 있다가 다시 우리에게 다가왔다.

"여섯 손보다는 여덟 손이 낫지 않겠냐?"

"필요 없습니다. 여섯 손으로도 충분합니다."

여지없이 불청객이 찾아들었다.

"어이, 한 교수. 잘되고 있나?"

"잘 안 되고 있습니다. 논문 퇴고 중입니다. 누구 때문에요."

"홋. 느긋하구먼! 한 교수는 좋겠어. 믿을 만한 학생들이 있어서."

한 교수가 우리 쪽을 힐끗 쳐다보며 투정 섞인 소리를 한다.

"저 정도야! 쳇. 애들 장난이죠."

이제 막 기둥이 자리를 잡고, 보를 순차적으로 연결하고 있었다.

이제 5층 정도를 올라갔으니, 시작한 시간에 비해서 대단한 속도였다.

물론 조립 담당은 민수였다.

교수실 구석에서 섬세한 손놀림으로 본드 묻힌 보를 핀셋으로 기둥의 정확한 위치에 부착하고 있었다.

민수는 박 교수가 온 것도 모르고, 작업에 집중하고 있었다.

한석이 작은 소리로 중얼거렸다.

"간신배 같은 놈."

"어허, 집중 안 하지?"

"선배님, 저 팀은 거의 다 끝났답다. 어떻게 이렇게 빨리 끝났는지 아십까?"

눈썹을 으쓱하며 말해보라고 했다.

"사람 불러서요. 자기네 세미나 학생들 몽땅 불러 모아서 며칠 밤을 샜답다. 너무하지 않습까?"

이미 아는 사실이지만, 안타깝게도 한 교수 세미나는 학생들이 없다. 다음 해가 되면 좀 생기려나.

"일단 우리는 우리 일만 하면 돼!"

'건드리지만 마라. 제발!'

우리 모형을 보던 박 교수가 틱틱거리며 말했다.

"한 교수, 무슨 보가 저렇게 가늘어? 아직 보 문제는 해결 못 한 거야?"

"저야 알 수 있습니까? 당장 논문이 급한데."

우리에게 들으라는 듯한 교수의 투덜거림이 심해졌다.

박 교수가 혀 차는 소리를 냈다.

"쯧쯧. 예일도 별것 없구만. 하중 하나 제대로 계산 못 하고 말이야."

잠시 후, 한 무리의 교수가 들어왔다.

"어이구, 한 교수님. 잘되고 있나요?"

학과장과 진 교수, 그 둘의 파벌에 속하지 않은 중립파 교수들이었다.

그들의 양손에는 만두와 햄버거, 음료수가 잔뜩 들려 있었다.

박 교수가 있는 것을 보고, 인상들이 굳었다.

"어! 박 교수도 있었소?"

"왜요. 난 오면 안 됩니까?"

심술이 가득한 얼굴의 박 교수가 기분 나쁘다는 티를 냈다.

하지만 교수들은 별로 개의치 않는다는 듯, 웃으면서 손사래 쳤다.

"그게 무슨 말이오. 그냥 있는 줄 몰랐다는 거지. 우린 그냥 애들 배고플까 봐 들른 거요."

"쳇. 우리 명호한테는 오지도 않으면서."

"그 팀은 진 교수가 자금 빵빵하게 대 줘서 세미나 애들이랑 매일 회식하는 것 같은데요. 뭘."

이미 학교 내에서 소문이 다 난 모양이었다.

도둑이 제 발 저린다고.

"그럼 학교 일 하는데, 사람 불러 놓고 굶깁니까?"

무리의 교수 중 하나가 말했다.

"그럼 그쪽은 학교 일이고, 여기는 뭐 학교 외적 일이오?"

"지금 시비 거는 거요, 뭐요?"

"사실이 그렇지 않소."

분위기가 험해질 것 같자 한 교수가 끼어들어 말렸다.

"괜찮습니다. 교수님. 우리는 우리대로 하고 있으니 신경 쓰지 마시죠."

탁자 위에 음식을 내어놓으며 한 교수가 말했다.

"얘들아. 교수님들이 사오셨다. 좀 먹고 해라."

"네, 감사합니다. 교수님들."

여전히 민수는 모형에 집중하고 있었다.

"민수 선배. 먹고 하시지 말입다."

"조금만 더 하고. 먼저 드시고 계세요."

한 교수가 말했다.

"허허. 민수가 집중을 하면 시간 가는 줄 몰라서요. 남겨 놓고 우리끼리 드시지요. 식겠습니다."

박 교수만 화기애애한 분위기에 어울리지 못했다.

어색해진 그는 하이에나처럼 교수실을 어슬렁거렸다.

그리고 민수가 만드는 모형 앞으로 다가갔다.

"쯧쯧. 저번에 볼 때도 보가 문제인 것 같더니. 아직도 보강이 안 된 모양이네. 이래서 되겠어?"

걱정하는 듯 말하며, 그는 보의 중심을 손가락으로 툭 쳤다.

모형의 흔들림에 잠시 시선을 돌린 민수는 그에게 고개를 까딱하고 인사를 하고는 다시 집중했다.

아마도 인사를 안 해서 그렇다고 생각한 모양이었다.

식사 중인 우리도, 시공 중인 민수도 아무도 그에게 신경 쓰지 않았다.

빈정이 상해서 그랬을까?

박 교수는 모형의 가는 보를 손으로 지그시 찍어 눌렀다. 그가 지적했던 그 부분이었다. 우리가 와이어로 보강하려고 했던 곳 말이다.

와이어는 마지막에 보강할 계획이었다.

꾸욱.

그의 손에 가해진 무게를 보가 버틸 수 있겠는가? 한계 하중 이상의 무게를! 소리 없이 보가 휘어졌다.

가장 먼저 발견한 사람은 민수였다.

"엇!"

민수가 박 교수를 봤다. 그의 행동을 보고는 눈가에 파르르 경련이 일었다.

장인의 분노를 아는지 모르는지, 박 교수는 메기 같은 입을 벌리며 말했다.

"아이쿠. 이런. 미안해서 어쩌나."

박 교수의 눈가에는 '거 봐. 내가 뭐랬냐? 약하다고 하지 않았냐?'라는 비웃음이 어려 있었다.

'깽판 치라고 진 교수한테 지령이라도 받은 거냐?'

살만 디룩디룩 찐 메기가 나에게 싸움을 걸어온다.

'나이를 마흔이나 처먹고도 고작 할 수 있는 게 이런 장난질이냐!'

보가 휘어지는 순간부터 내 가슴엔 찬바람이 불고 있었다.

민수는 벌게진 얼굴이 굳은 채 분노하고 있었지만, 나는 그보다 더 화가 났다.

내 얼굴에 싸늘한 미소가 걸렸다.

'감히 내 신성한 현장에서 깽판을 놔! 메기 넌 죽었어.'

그 순간이었다.

"당신 뭐야!"

한석이었다. 눈을 부릅뜨고 박 교수를 노려보고 있었다.

세상을 잘 모르니, 겁도 없었다. 예전 내 성격 그대로라고 할까.

제일 어린 한석에게 당신이라는 말을 들었으니, 박 교수가 맨 정신일 리가 있나.

"너. 너. 이익. 싸가지 없는 새끼가."

내가 한 발짝 앞으로 걸어 나갔다.

'이 새끼는 미친 메기다. 상대를 모르고, 무작정 깔보는 코딱지만 한 연못의 미친 메기. 어떻게 조져야 잘 조졌다는 소리를 들을까?'

누가 내 어깨를 잡았다.

한 교수였다.

"성훈아. 네가 나서면 일이 커질 것 같구나. 내가 하마."

나를 달래는 한 교수의 눈에서는 이미 불길이 치솟아 오르고 있었다. 누가 누굴 말리는 건지.

'어째. 교수님이 나서면 더 커질 것 같은데요.'

하지만 결의에 굳은 한 교수를 말릴 수는 없었다. 될 대로 되라. 말리기엔 늦었다. 갈 데까지 가보는 거다. 결국은 총장이 원하는 대로 되는 건가? 그래도 우리가 손해 볼 건 또 뭔가? 없었다. 우리가 먼저 시작했나? 아니다. 저쪽에서 싸움을 걸어왔다. 그것도 지극히 예상 가능한 추잡한 방법으로.

'걸어온 승부 받아줘야지.'

대신! 이왕 손댄 것 후환은 없어야 할 것이다.

싸움을 걸어온 상대에게 어설픈 동정은 금물이다.

어차피 수확을 거둘 대상이 아니라면, 그 뿌리를 뽑아야 한다.

한 교수가 말했다.

"한석아. 교수님께 그게 무슨 말버릇이야!"

"교, 교수님!"

혼이 난 한석이 한 교수에게 원망의 눈초리를 보냈다. 박교수는 여전히 화가 풀리지 않는지 푸들푸들 떨고 있었다.

한 교수가 그에게 다가갔다.

박 교수가 버럭 고함을 질렀다.

응당 사과를 받아야 하지 않겠는가?

"대체 어떻게 교육을 시킨 것이오?"

그 앞에 선 한 교수가 말했다.

"당신. 대체 뭐야?"

"뭐? 다, 당신?"

한 교수가 머리라도 숙일 줄 알았던 모양이지?

한 교수는 오히려 박 교수에게 따졌다.

"당신이 뭔데, 우리 애들 작품을 건드려?"

갑작스런 공격에 박 교수가 뒤로 한 걸음 물러났다.

"이게 지금 내가 누군지 알고?"

"이게? 지금 당신이 그런 말이 나와? 나한테 불만이 있으면, 나한테 직접 따지라고. 찌질하게 애들 괴롭히지 말고 말이야."

한 교수의 말에 열이 받았던지, 그는 한 교수 이마를 손가락으로 눌러 밀었다. 마치 자기 조교에게 늘 그래 왔듯이.

'너 따위가 감히 나와 말을 섞으려 하느냐' 하는 느낌이었다.

"뭐? 찌질하게? 내가 너 선배야! 말조심 안 해?"

말로 안 되면 배경인가?

박 교수는 이제 나이와 경력, 직장 선배라는 연으로 한 교수를 누르려 했던 것 같다.

'이 양반아. 말을 해도 어떻게. 한국에서 한 교수를 학연, 지연으로 누를 사람 아무도 없어.'

"선배? 말 잘했다. 당신 예일대 나왔어? 필립스 익스터 아카데미 졸업했어? 당신이 왜 내 선배야? 그리고 선배면 선배답게 행동을 해? 당신네 교수는 그렇게 가르쳤나?"

뱉어놓은 말에 본전도 못 찾은 박 교수가 버벅거렸다.

"어…… 그……."

"대접을 받고 싶으면 그에 걸맞은 행동을 하라고. 이런 유치한 짓거리 하지 말고."

"아오. 씨."

입이 있으나 말도 못 하고, 박 교수는 혼자서 씩씩대고 있었다.

"왜 화나? 한판하자고? 할 거면 정정당당히 실력으로 붙자고."

한 교수는 양복 조끼를 벗어 던졌다. 정말 한판 붙자는 심산으로 보였다. 박 교수는 여기서 싸워 봤자 얻는 것이 없었다. 애초에 싸우러 온 심산은 아니었는지, 한발 물러서며 박 교수가 투덜거렸다.

"쳇. 그깟 저런 쓰레기를 가지고."

"이 양반이? 지금 당장 나도 당신네 사무실로 가볼까? 엉?"

'싸움에 졌으면 곱게 물러날 것이지, 저게 무슨 추태람.'

그의 작은 투덜거림 한마디에 결국 한 교수 뚜껑이 날아가 버렸다. 곱상한 얼굴에 지랄 맞은 다혈질. 한승원의 본래 모습이다.

"가서 뭐 어쩌려고!"

"가서 봐야지. 얼마나 예술이기에 우리 애들 작품을 쓰레기라고 부르는지! 내가 보기에 우리 애들 작품보다 못한 쓰레기라면……."

"쓰레기? 참 나. 그럼 어쩔 건데."

박 교수는 거만하게 턱을 치켜들고 배짱을 부렸다.

한 교수가 비릿하게 웃었다.

"몽땅 밟아서 가루로 만들어주지."

"이 인간이 진짜. 말이면 다 되는 줄 알아! 엉!"

애나 어른이나 싸움은 다 유치하다. 교수라고 다를 것인가? 이미 머리 꼭대기까지 화가 났는데.

한 교수가 문으로 향했다.

이미 그의 목소리는 싸늘히 식어 있었다.

"걱정 마. 박 교수. 난 말로만 안 하니까."

우리 건 금속이라 휘어지고 말았지만, 박 교수네는 나무니까 산산조각이 날 것이다.

제 손가락 아파봐야 남의 팔도 아픈 줄 아는 법이다.

'땔감으로나 써라. 겨울 동안 춥지는 않겠네.'

"어허. 이 사람이! 나 구조 박 교수야."

교수가 계급이냐? 가르치라고 교단에 세워놨더니, 엉뚱한 짓거리나 하면서.

차라리 구조에 대해서 싸움을 걸어왔다면 한 교수가 이렇게 화나지 않았을 것이다. 나도 한 교수도.

실력으로 한판하자는데, 환영할 일이 아닌가.

'교내에서 힘 있는 교수라는 말이 한 교수한테 잘도 통하겠다. 등신아.'

"그런데 뭐 어쩌라고? 구조는 뭐 특별나? 저기 계신 도시계획, 환경계획 교수님들은 눈에도 안 보이지도 않지? 구조만 있으면 건물이 완성돼? 구조가 건축의 전부야? 당신은 뼈다귀만 가지고 서 있을 수 있어?"

건축은 두말이 필요 없는 종합학문이니, 반박할 것도 없었다. 한 교수의 말마따나 교수들의 따가운 시선이 박 교수에게 쏟아졌다.

"그런 말이 아니잖아. 이거 왜 이래."

"그래, 좋다. 난 구조 교수 아냐? 나 구조 한 교수다. 비키시지."

고성이 오가는 것을 민수가 멈추게 했다.

"박 교수님, 사과하시죠."

"내가 뭘 사과해? 뭘 잘못했는데?"

"제가 봤습니다. 일부러 힘줘서 누르시는 거."

"뭐! 적반하장도 유분수지. 저런 쓰레기 같은 걸 만들어놓고는 누굴 모함해."

"사과하십시오."

"지금 당신네들 명예훼손하고 있는 거 알아? 고소당하고 싶어?"

"고소하시든 마시든 맘대로 하시고, 사과하십시오."

박 교수가 어이없어하면서 민수를 비웃었다.

"하이고. 사과해라면 해야 되냐? 네가 그렇게 대단하냐? 사과 안 할 거거든."

비열하게 웃으며 민수를 도발하고 있었다.

민수가 박 교수를 노려보았다. 분노한 민수의 손이 부르르 떨리고 있었다.

"왜? 흥. 치시게? 쳐라. 쳐! 신문에 대문짝만하게 내주지. 모 대학 모 교수 책임하의 학생! 교수를 치다. 크하하."

'초등학생보다 못한 정신연령을 가진 저런 인간이 교수랍시고, 학교 교단에 서다니.'

실력 이전에 인성의 문제가 아니던가? 교수들끼리 저러는 건 이해할 수 있다. 나이 마흔 넘은 사람들도 동창회만 가면 어린아이처럼 옛날 언어를 구사하지 않던가! 그와 한 교수의 싸움을 그런 맥락으로 이해할 수 있지만, 민수는 그런 급이 아니지 않은가?

아무래도 사고를 칠 것 같았던지, 한 교수가 민수를 달랬다.

"민수야."

박 교수는 민수를 일부러 도발하고 있었다.

지금의 상황을 이용해서 현재의 불리함을 자신에게 유리한 방향으로 이끌어 가겠다는 그의 꼼수가 느껴졌다.

"쳐! 줄줄이 엮어서 콩밥을……."

정체불명의 액체가 약 올리고 있는 박 교수의 얼굴을 향해 날아들었다.

"에튀튀. 이게 뭐야?"

별안간의 봉변에 놀란 박 교수는 액체의 출처를 알고자 했다.

끈적끈적 흘러내리는 액체를 손으로 닦아내 털었다.

"니미. 재수가 없으려니, 튀튀."

안경을 벗어 대충 닦고는 씩씩거리며 범인을 찾았다.

누군지 걸리기만 하면 가만두지 않겠다는 표정이었다.

민수였다.

민수가 굳은 얼굴로 분노를 참으며, 주먹을 꽉 쥐고 있었다. 하루 종일 작업을 했던 그의 손에는 재봉틀용 기름 튜브가 들려 있었다. 나오는 본드양을 조절하기 위해서, 짜면 짜는 대로 나오는…….

보통은 주사기를 많이 사용하는데, 민수는 그것이 더 편하다고 했다. 미세한 양 조절이 더 편하다고.

민수처럼 손의 감각이 민감하지 않으면 그 나오는 양을 조절하기 어렵고, 제대로 사용하기 힘들었다. 한석도 자기도 해보겠다고 나대다가 쭉 하고 쏟아져 나오는 바람에 기겁을 했던 그것이었다.

에폭시본드.

그건 본드라고 말하기가 참 두려운 녀석이다.

흔히 아는 돼지본드 내지는 순간접착제와는 다른 면모를 가진 괴물본드다.

종이, 나무, 돌, 쇳덩어리까지 녀석과 닿으면 떡 붙어버린다. 제거하기 어렵기에 세밀한 손놀림이 필요하다.

본드와 경화제를 섞어서 사용하는데. 민수가 들고 있는 것은 급속 경화용 본드였다.

한 교수를 비롯한 우리 얼굴이 새파래졌다.

"민수야!"

박 교수는 아직 그게 뭔지 모르고 있었다.

"퉤! 너 이 자식. 잘 걸렸다. 아주 작살을 내주지."

얼굴에 흘러내리는 걸 대충 닦고는 팔뚝을 걷어 부치고 있었다.

'젊은 애를 상대로 드잡이 질이라도 하려고? 아서라, 이 양반아. 네 목숨 줄이 코앞이다.'

침착한 목소리로 박 교수를 불렀다.

내 얼굴에 묻은 것도 아닌데, 내가 급할 게 뭐냐. 알려주는 것만도 난 내 할 일 하는 거다.

"박 교수님."

"왜 이 자식아!"

'확. 그냥 내버려 둬?'

씁쓸한 표정을 짓고 있는데, 한 교수가 마지못해 말했다. 불쌍하다는 표정으로.

"박 교수, 그거 본드예요."

"본드. 그래서 뭐? 어쩌라고. 본드고 나발이고, 내 오늘 니들 몽땅 감방에 처넣는다."

"에폭시예요. 금방 굳는 거."

"뭐? 뭐! 에폭시?"

이번에는 박 교수의 얼굴이 사색이 되었다.

"바로 물로 닦아내지 않으면 곤란해지실 수도 있습니다."

한 교수는 얼른 꺼지라는 의도로 말을 했다.

거기에 내가 친절하게 말을 보탰다.

"네, 잘못되면 실명하실 수도 있습니다."

박 교수가 발악하듯이 외쳤다.

"물! 물!"

화장실 가서 씻으라고, 여기서 물을 왜 찾아?

"선배님!"

한석이 교수실 한쪽 구석을 가리켰다.

박 교수에게 물었다.

"교수님, 슬래브 모형 만들려고 석고 물 개놓은 거 있는데, 그거라도 쓰실래요?"

"일단 가져와. 물. 물!"

체통은 어디 멀리 던져 버렸는지, 박 교수가 방방 뛰었다.

'지랄을 해라. 지랄을.'

그 모습을 지켜보던 다른 교수들의 눈에 경멸이 어렸다.

"한석아."

"네, 가져갑니다."

녀석도 참!

석고가 고여 있으니, 물만 좀 퍼오면 될 텐데, 녀석은 다라를 통째로 들고 오려고 낑낑거리고 있었다.

기특한 녀석!

초속 0.1m의 속도로 이동하고 있는 물 다라를 기다릴 수 없었던지, 한석이 있는 곳으로 박 교수가 부리나케 뛰어갔다.

"교수님. 조심하세요. 바닥이 미끄러워요."

박 교수를 염려하는 척, 그의 옆을 달려갔다.

그리고…… 넘어졌다. 부드럽게 슬라이딩!

내 발에 부딪친 박 교수의 걸음이 사정없이 꼬였다.

박 교수의 거구가 잠시 잠깐 허공에 떠 있었다.

한석은 날아오는 그의 얼굴을 향해 다라를 발로 툭 밀었다.

조금이라도 빨리 물을 만나고 싶은 박 교수를 위한 배려였으리라 짐작한다.

박 교수의 얼굴이 석고 개어놓은 물에 정통으로 처박혔다.

철퍼덕. 꽈당탕!

박 교수가 엎어진 탓에, 잘 개어놓은 석고와 물이 섞이면서 하얀 진흙물이 튀었다.

나는 사방으로 비산하는 흙탕물을 피하며, 박 교수에게 아까 그가 했던 말을 그대로 돌려줬다.

"아이고. 이런. 교수님. 미안해서 어쩝니까? 발이 꼬여 버렸네요."

절대로 일부러 그런 거 아니다. 크흠!

사람 살다 보면 발이 꼬이기도 하고, 앞으로 자빠지기도 한다. 박 교수처럼.

"어이쿠! 흙탕물 다 튀겠네."

한석이 총알처럼 물 튀기는 범위 밖으로 달아났다.

땅바닥과 충돌한 무릎과 팔꿈치가 아플 만도 하건만, 실명될 위기에 처한 박 교수에게 그깟 것이 뭔 상관이랴.

당장 본드를 닦아내기에도 정신이 없었다.

"에잇. 푸. 젠장. 푸."

욕설과 호흡을 동시에 뱉으며 얼굴을 씻어 내렸다.

씻어 내릴수록 얼굴은 분칠을 한 것처럼 하얗게 변해갔다.

그 꼴이 가관이었다.

머리에서 발끝까지 석고 범벅이었다. 듬성듬성한 머리에서는 허연 석고물이 뚝뚝 흘러내린다. 입안까지도 그 물로 씻어냈는지 입안의 혀마저도 하얀 모습이었다.

'살고는 싶었나 보지. 쯧쯧.'

뚝뚝 흘러내리는 석고물 위로 벌써 석고가 굳어간다.

물에 빠진 시궁쥐 같은 모습을 하고는 우리를 쳐다봤다.

화를 내고 싶었으리라.

그러나 그는 화를 내지 못했다.

우리 전부!

불쌍한 거렁뱅이를 대하듯 측은하게 바라보고 있었거든!

어느 교수 한 분이 참다못해, 혀 차는 소리를 냈다.

"쯧쯧. 꼬락서니하고는."

"그러게. 교수가 체통도 없이."

"저것도 인간이라고, 살려고 발악하는 꼴을 찍어 뒀어야 하는데."

"같은 교수란 게 부끄럽소. 쯧쯧."

그는 말없이 문을 향해 걸었다.

철벅. 철벅.

하얀 발자국을 남기며 문에 도착했다.

뒤돌아서며 고함쳤다.

"절대로 이대로 넘어가지 않겠어. 두고 봐. 에잇. 씨발."

쾅.

문을 부서져라 닫고는 사라졌다.

우리를 싸잡아 시종일관 쓰레기 취급하던 박 교수는, 물에 젖은 거지꼴을 하고 물러났다.

"한석아."

"네, 선배님."

"저거 버려라. 더럽다."

"네, 선배님. 재수도 없지 말입다."

말없이 서 있는 민수에게 다가갔다.

"민수야. 괜찮냐?"

"네, 형. 속이 시원해졌어요. 더 잘될 것 같아요. 하하."

"그럼 됐고."

민수가 엄지를 척 들었다.

"형! 슬라이딩. 죽여줬어요."

"에이. 발이 꼬인 거라니까."

어느새 한석이 다가와 대꾸했다.

"그러게 말임다. 크. 그 예술적인 발꼬임!"

"한석아, 컨트롤이 정확하던데. 일품 다라 밀기였다."

"크크. 박 교수님이 그렇게 급히 물을 찾으시는데, 보고
있을 수만은 없지 않겠슴까!"

녀석들. 어수룩해 보여도 볼 건 다 본다.

한 교수가 내 등짝을 툭 쳤다.

"나도 봤어. 녀석아. 나한테는 그러지 마라."

"에이, 발이 꼬인……."

"훗. 알았어. 오늘은 치우기만 하고, 그만들 들어가거라.
이걸로 밥이나 먹고."

한 교수가 지갑에서 3만 원을 꺼내 손에 쥐어주었다.

"고맙습니다. 잘 먹을게요. 교수님은요?"

"응. 저기 교수님들이 나한테 할 말이 좀 있다네."

돌아서는데, 한 교수가 웃으며 말했다.

"저 인간 고소한다는데, 너무 걱정하지 마라. 내가 다 알

아서 할 테니."

한 교수에게 미소를 보이며 한석에게 말했다.

"잘 찍었냐?"

"걱정 마십쇼. 제가 확인까지 했습다."

"그게 무슨 소리냐?"

"가져와."

"네, 선배님."

아는 사람은 다 안다.

나는 민수가 작업할 때, 항상 동영상을 만들어 둔다는 것을!

준비된 게 있었기에, 한 교수의 싸움을 말리지 않았었다.

우리에게 불리한 영상이 있으면 어떻게 하냐고?

'흥! 영상 편집하는 거야. 껌이지.'

승부에는 정정당당함이 마땅한 일이지만, 삭초제근(削草除根)에 무슨 정정당당인가?

한석이 가져온 영상에는 박 교수가 일부러 힘을 주어서 누르는 영상이 고스란히 담겨 있었다.

팔을 일직선으로 편 채, 어깨에는 힘이 들어가 있었다. 발끝이 들린 것으로 보아, 부수고자 마음먹고 누르는 것이 분명했다.

"야! 생각보다 튼튼한데. 잘 만들었다. 역시 민수!"

한 교수가 민수에게 엄지를 척 들어보였다.

그에게는 오히려 그 정도만 휜 게 더 대단하게 보이는 모양이었다.

'홋! 하긴 사람마다 보는 관점이 다르니.'

"한 교수님, 뭐 하시오?"

아까의 교수들이 탁자에 둘러앉아 한 교수를 부르고 있었다.

"네, 갑니다. 잘 들어가라. 내일 보자."

"네."

문을 닫고 밖으로 나왔다.

교수들이 말하는 소리가 들렸다.

"한 교수, 이번에 구조대전을 빌미로 진 교수가 글쎄……."

"네, 저도 그런 소문은 들었습니다."

"그러게. 아무리 연구비 명목이라고 해도 그렇게 떼어먹는 건 너무 하잖소."

"힘도 없고, 명분도 없으니 어쩔 수 없는 노릇이지요."

어느 교수가 말했다. 지긋하게 나이든 목소리였다.

"그래서 말인데, 한 교수가 구심점이 되어주시게. 이대로 가면 안 돼. 학교가 썩어 문드러진다네."

"제가 무슨 힘이 있다고."

"아까는 잘도 하더구먼. 그놈 얼굴 질리는 게 얼마나 통쾌하던지. 크하하."

다른 교수도 말을 이어받았다.

"그러게 말이요. 꼴같잖게 실력도 없는 인간이 간신배 짓을 하는 게 꼴 보기 싫었는데, 오랜만에 웃었소. 다 한 교수 덕분이네."

민수가 걱정된다는 듯이 물었다.
"고소할까요? 박 교수?"
"염치가 있겠슴까? 고소하면 인간도 아니지 말임다."
두 녀석의 어깨에 팔을 두르고, 밤하늘을 보며 웃었다.
"제발 고소해다오. 박박 갈아서 메기 어묵을 만들어줄 테니까."
"선배님! 오늘 메기 매운탕이나 먹는 게 어떻겠슴까?"
"민수. 너는?"
"좋은 생각인 거 같아요."
"그래, 오늘은 메기나 씹자. 가자."

영상을 보는 중이었다.
"선배님, 이거 민수 선배가 노리고 쓴 거 아님까?"
"에이. 설마 그럴 리가 있겠어? 순둥이 민수가."
"잘 보십쇼. 충분히 그런 의도로 해석할 수 있다니까 말임다."
뭔 상관이야. 나한테만 안 그러면 되고, 그렇게 되게 약 안 올리면 그만이지.

"민수 선배도 양반 되긴 다 틀렸습다."

복도에서 발자국 소리가 들렸다.

"근데 너 그렇게 까불거리다가 민수한테 찍히면 어쩌려고 그러냐? 박 교수꼴 나고 싶어?"

"에이, 민수 선배가……."

"응. 걔 돌면 순식간에 돌아버려. 어제 봤잖아. 에폭시가 눈에 정통으로 들어가면 실명되는 거 금방이야."

한석이 머리를 감싸 쥐었다.

"끙. 돌아버리겠네. 그나마 민수 선배는 만만했는데……."

한석만 그렇게 생각했다. 아무도 그와 민수를 같은 레벨로 보지 않았지만 말이다.

교수실 문이 열렸다.

"형. 저 왔어요."

"그래, 왔니? 어제는 고생 많았어."

한석이 문 앞까지 쪼르르 민수를 마중 나갔다.

"민수 선배님. 오셨습까."

민수가 어리둥절한 얼굴로 나를 바라본다.

'얘. 뭐 잘못 먹었어요? 갑자기 왜 이래요?'라는 얼굴이었다.

어깨를 으쓱했다.

"낸들 아니? 원래 그렇잖아."

녀석의 변덕이야 하루 이틀인가?

한석은 허리를 꾸벅 숙이며 인사를 하더니, 두 손으로 공손히 그의 외투를 받아 들었다.

"민수 선배님, 외투 주시지 말임다. 제가 걸어드리겠습다."

그 뒤로도 한석의 민수에 대한 공대는 계속되었다.

"모형 시공하시느라 피곤하시지 않슴까. 제가 어깨 주물러 드리겠슴다."

"민수 선배님……."

"민수 선배님……."

결국 민수가 폭발했다. 한석을 향해 주먹을 치켜들었다.

"한석이 너. 저리 꺼져! 안 가?"

한석이 총알처럼 뛰어와서 내 뒤로 숨었다.

"선배님, 저 보십쇼. 제 말이 맞다니까 말임다. 지금도 저를 겨냥하고 있잖슴까."

"그러네. 너 앞으로 조심해야겠다."

"민수 선배. 그렇게 안 봤는데 말임다. 사람은 보이는 게 다가 아닌가 봄다."

"야! 와이어는 왜 안 했던 거야?"

어제 그 사달이 났던 것이 와이어 보강을 하지 않았기 때문이었다.

와이어로 보강을 했었다면, 그 뚱땡이 메기가 걸터앉았어도 휘어지지 않았을 테니 말이다.

지금 한 교수는 그것을 지적하고 있었다.

"냅두시죠. 우리가 알아서 하게. 애들 장난인데."

아직 내 귀에는 어제 한 교수의 말이 남아 있었다.

'저 정도는 애들 장난이죠.'

"이익……."

두리번거리던 한 교수의 눈에 혼자 히히덕거리는 한석이 보였다.

"한석이 너! 제대로 안 해?"

애꿎은 한석만 된서리를 맞았다.

한석은 내력바닥의 거푸집을 다시 고무형틀로 만드는 작업을 하고 있었다.

하나만 만들 것이 아니기에, 고무로 만들어야 몇 개를 만들어도 재활용할 수 있기 때문이다.

나무로 와플슬래브의 형태를 만들고, 그 위에 고무를 부어서 거푸집을 만드는 것이다. 그 안에 철사 배근 완성된 것을 넣고 석고를 부어주면 끝. 스케일만 작을 뿐이지, 실제 공사와 전혀 다를 바가 없었다.

하지만 한석은 기죽지 않았다. 책꽂이 위의 카메라를 보고 'V'사인을 보냈을 뿐이다.

"헤헤."

"성훈아. 저쪽은 마무리 전문가만 3명이 붙었다는데, 나도 사람 좀 불러올까?”

한 교수 자신이 책임자 위치였으면, 붙여도 벌써 붙였을 것이다.

경쟁은 결과가 중요하다. 보여주기 위한 결과라면 한 교수는 분명히 실행에 옮겼을 것이다.

허락하지 않았는데 데리고 오면 당장 부숴 버릴 내 성질을 아니, 자제하고 있는 것뿐이다.

“저희가 알아서…….”

“야!”

“논문이나 마감 지으시라니까요. 애들아! 내 방에 가서 할까?”

한 교수가 소리쳤다.

“됐거든. 하더라도 내 눈앞에서 해!”

“성훈아. 퇴고 끝났다.”

“네.”

“일 좀 시켜 달라고. 지금 여기 고급 인력이 놀고 있거든.”

“고급 인력이 석고 가루나 만져서 되겠습니까? 애들 장난치는데.”

“아. 쫌.”

한석에게 물었다.

“한석아. 바쁘냐?”

"네, 바빠 죽겠슴다."

"고급 인력 필요하냐?"

내 눈치를 슬쩍 살피던 한석이 말했다.

"전혀요. 고급 인력을 어따 쓰게요. 애들 장난치는데."

"필요 없다는데요?"

한 교수가 한석을 향해 눈을 부라렸다.

"너! 다음 학기 구조는 무조건 'F'야."

"죄송함다. 교수님. 저 영장 나왔슴다."

"허걱."

제일 만만한 한석에게 한 협박이 무효로 돌아갔다. 한 교수가 뒤통수를 부여잡았다.

"젠장! 민수, 넌."

"……."

한 교수에게 대꾸도 하지 않고 작업에 집중하는 민수였다. 그의 손에는 여전히 에폭시 본드가 들려 있었다.

한 교수가 논문에 집중하는가 싶더니 결국 불만을 토했다.

"아. 다 끝났다고!"

아무 반응이 없자, 한 교수가 논문을 책상에 집어 던졌다.

"논문 다 끝났다고. 아무 일이나 시켜줘!"

"들어가서 쉬시죠. 피곤하실 텐데."

"됐거든. 난 만들고 싶거든."

세상에 집짓기보다 재미있는 일은 없다.

"한석아."

"필요함다."

"엉?"

'그럴 리가 없는데, 벌써 약발이 빠졌나. 오랜만에 뒤통수나?'

말을 채 끝내기도 전에 대답하는 한석의 눈길을 따라가니, 눈을 부라리고 있는 한 교수의 모습이 보였다.

주먹을 들어 흔들고 있었다.

다시 한석을 보니…….

'선배님, 웬만하면 쓰지 말임다. 저 죽겠슴다'라는 간절한 애원의 눈빛을 보내고 있었다.

"거봐! 필요하다잖아."

"그럼 저기 가서 도와주십쇼."

열심히 철사로 배근하는 한석이 보였다.

"야. 나 구조 교수야."

하이 레벨이라 흙은 못 만지시겠다.

"그럼 논문이나 더 쓰시든가요!"

"큭. 내가 어쩌다가."

'아직 안 고픈가 보네.'

다시 철골 구조로 눈을 돌렸다. 한시가 아쉬운 때였다.

애가 탄 한 교수가 한석에게 다가갔다.

빨리 와플 슬래브를 끝내고 철골구조에 붙지 않으면, 한 교수의 일거리는 남아 있지 않을 것이다.

"배근하는 거 도와줄까?"

"네, 감사함다."

인사하는 한석에게 말했다.

"한석아. 제대로 시켜. 네가 거기서 대장인 거 명심해! 어설프면 너부터 아웃이야."

"알겠슴다. 제가 쫄다구 부리는 데는 도가 텄지 말입다. 헤헤."

한석은 기분 좋게 웃으며 한 교수를 쳐다보다가 얼굴이 굳었다.

"내가 니 쫄따구냐?"

"그럼요. 제가 십장이지, 교수님이……. 컥. 시켜만 주시지 말입다."

와플 슬래브는 간단하지만 어마어마한 바닥하중을 소화할 수 있는 역량을 가지고 있는 구조체다.

한 교수는 전문가답게 시작하자마자 치구를 만들어 왔다.

"어느 천 년에 그걸 종이에 대고 각도 맞추고 앉아 있냐? 현장에서도 그거 손으로 안 해!"

배근의 각도에 맞추어서 나무를 자른 것이다. 철사를 손으로 슥슥 눌러만 주면 배근 각도가 나왔다.

현장에서는 기계를 쓴다.

사람 손으로 하기에는 각도도 각도려니와 힘도 장난 아니게 든다. 강철이 괜히 강철이 아니다.

손으로 구부러뜨린다는 것은 선택받은 소수들이 할 수 있는 능력이다. 아니면 영화의 CG든지!

의욕을 보이는 한 교수에게 말했다.

'써먹으려면 제대로 써먹어야지.'

"그거 얼른 끝내시고, 이거 좀 도와주십시오."

"그래?"

한 교수가 체통도 없이 침을 질질 흘렸다.

"교수님. 급할 거 없지 말임다. 빨리 끝나면 일만 늘어날 테…… 컥."

한 교수를 향해 한석이 눈을 부라렸지만, 통할 리가 있나. 마이페이스 강철 멘탈의 한 교수에게.

"치구대로 철근 안 꺾지?"

오히려 한 교수에게 기가 눌린 한석이 투덜거렸다.

"네, 교수님. 최선을 다 하겠슴다. 파이팅임다."

"손가락이 보인다. 어허!"

한석의 고난이 시작되었다.

"선배님, 큰일 났슴다."

한석이 호들갑을 떨며 들어왔다.

민수도 곧이어 들어왔다.

"형. 대자보가 붙었어요. 과건물 게시판에요."

"완전 우리를 겨냥하고 까대고 있습다. 누구라고 밝히진 않았는데, 정황상 박 교수가 확실함다."

민수도 고개를 끄덕였다.

아이들을 따라 게시판으로 갔다.

여러 학생이 대자보를 보며 수군거리고 있었다.

〈대학 건축, 이대로 될 것인가?〉

내가 누구인지는 밝히지 않겠다.

누구 하나를 편든다는 오해를 살 수 있기 때문이다.

그럼에도 대자보를 쓰게 된 이유는, 지금 건축과에서 이슈가 되고 있는 구조대전에 대해 할 말이 있기 때문이다.

어느 팀이라고 말할 수 없지만, 그 팀의 작품에는 치명적인 구조적 결함이 있다.

……중략…….

그것을 본 자들의 말이 사실이라면, 그것은 개인의 망신을 떠나서, 학교의 이름을 더럽히기 때문이다.

염려가 되어서 이런 문제점이 있다고 조언하려고 했지만, 그들은 나를 파렴치한 악인으로 매도했다.

나 개인의 수치는 참을 수 있으나, 그것을 들고 대전을 나가려하는 그들의 만용에 개탄을 금할 수 없다.

삼풍이 기억나는가? 우리는 그 전례를 또 밟아야 하는 것인가?

이에 대한민국의 건축을 사랑하는 자로서, 그들에게 물어보고 싶다.

그 구조에 대해 납득할 수 있는 설명을 할 수 있는가?

자신이 있다면 이 대자보에 응답하라.

"성훈아. 뭐 보고 있었냐?"

한 교수였다. 이제 출근을 하는 모습이었다.

"흠. 완전 자신을 정의의 사도로 묘사했는데! 대응할까?"

한 교수의 시선이 나를 향했다.

나는 고개를 저었다.

"논란을 만들고 싶은 거겠죠. 내일모레면 결판이 날 텐데요."

"하지만 선배님. 이렇게까지 적대적으로 까는데, 질 수는 없잖습까? 보십쇼."

주변에 모인 학생들이 우리 4명을 주시하고 있었다.

한 교수가 말했다.

"별일 아니야. 가서 공부들 해. 결과가 나오기도 전에 선부른 판단을 하면 안 되는 거야. 알지?"

"찢어버리면 어떻습까?"

"됐어. 놔둬. 내일모레가 되면 스스로 내릴 거야."

"명호 선배가 박 교수 시켜서 한 것 아닙까?"

박 교수가 시켰으면 모를까? 어이가 없었다.

"보통은 반대로 생각하는 거 아닐까?"

"제일 이득 보는 사람이 누굼까? 당연히 정명호 그 인간이 아님…… 컥!"

"알지도 못하면서 함부로 말하지 말라고 했지."

"맨날 선배님은 알지도 못하는 명호 선배 편을 드심까?"

우리 실랑이를 보던 한 교수가 웃으며 건물로 들어갔다.

"훗. 후안무치(厚顔無恥)가 무슨 말인지. 오늘에야 그 의미를 알았다."

박 교수가 원하는 것은 시비를 거는 것이었다.

한석에게 말했다.

"불쏘시개가 없으면 모닥불은 꺼지게 되어 있어."

"교수님. 굳이 대응하며, 박 교수를 즐겁게 해줄 이유가 있을까요?"

한 교수가 비릿하게 웃었다.

발생한 사실을 교묘하게 자신의 입장에 꿰맞춘 것뿐이었다.

"대응할 만한 일인가? 그날 워낙 부끄러웠으니, 변명이라도 하고 싶었나 보지."

"그러죠. 나중에 정 억울하다고 하면 동영상이라도 편집해서 올리죠. 그때 반박해 보라고 해야죠."

이제 구조대전이 3일 남았다.

화난 박 교수의 기분을 맞춰 주기에는, 우리에게 남은 시간이 너무 부족했다.

구조대전 전날이었다.

우리 셋은 완성된 건물 앞에 서 있었다.

외관까지 완성을 시켰다. 내부가 보일 수 있도록 투명 아크릴로 만들었다.

"선배님. 너무 안 튀지 않습까? 구조물이 멋있기는 한데, 그닥 눈에 띄지 않습다."

민수도 내 옆에서 팔짱을 낀 채 우리 건물을 보고 있었다.

건물의 높이만 1.8m, 옥상에는 헬리콥터 착륙장이 있었다.

"한석이 말이 맞아요. 잘 보면 멋있기는 한데 주의를 끌지는 않아요."

아무리 잘 만들어도 한눈에 심사위원들의 눈길을 끌지 못하면 우리의 의도는 실패한 것이다.

단지 크다는 것만으로 주목을 받을 수는 없다.

정명호 팀의 것은 30층에 불과했지만, 우리 구조물과 비슷한 크기라는 말을 들었다.

크기만 해도 눈길을 끄니, 그들로서는 당연한 선택이었을 것이다.

"명호 선배네는 외관에다가 스프레이로 마감해 놓으니까,

삐까번쩍하던데 말임다."

"저도 봤어요. 우리도 뭔가 해야 되는 거 아니에요? 혹시 몰라서 스프레이건도 가져 왔어요."

한 교수가 들어왔다.

"교수님, 금속공학과랑 오늘 밤 일정 잡으셨어요?"

"그래. 총장님께서 힘 좀 써주셨지. 전화 한 통화 넣으니 금방 되던데."

"수고하셨습니다. 교수님."

"선배님. 금속공학과는 왜 말임까?"

"한석이 너 소원 들어주려고. 삐까번쩍한 게 좋다면서?"

"좀 더 자세히 가르쳐 주심 안 되겠슴까? 컥. 왜 때리심까?"

"너 때문에 일이 더 커진 거 알지?"

"뭐가 말임까?"

"너 정명호 팀에 가서 우리 설계 건 다 불었다며?"

"그 자식들이 고작 셋이서 뭐 만드냐고 놀리기에, 말했을 뿐임다."

"50층짜리로 한다고? 철골구조로 간다고?"

"당연하지 말임다. 우리 게 훨씬 멋있지 말임다."

원래대로라면 별로 주목받지 않고 우리 작품을 만들 수 있었다.

아무리 박 교수가 우리를 견제한다고 해도, 사무실 안에서만 만드는 것을 어떻게 상세히 알았겠는가?

그런데 우리 팀의 떠벌이 한석이 자존심 상한다고 다 불어 버린 것이다.

우리에게 와서 말을 옮긴 만큼 저쪽에 가서도 말을 옮긴 것이다.

"언젠가는 알게 될 거 아닙까! 그래도 와이어는 말 안 했습다."

"제가 말렸어요. 안 그랬음 다 떠벌렸을 거예요."

"헤헤. 그래도 말 안 한 건 사실이잖습까. 저 거짓말은 안 함다."

"너 때문에라도 비밀로 해야겠다. 끝날 때까지 기다려. 그리고 너, 앞으로 그쪽 팀에 가지 마."

"칫. 알겠습다."

진 교수가 정명호 팀의 작품을 보며, 박 교수와 이야기 중이었다.

"역시 돈 들인 보람이 있구만."

"선배님께서 신경 써주신 덕분입니다. 감사합니다."

진 교수와 박 교수, 둘 다 서울 K대 출신으로 10년 전 동문회에서 처음 만났다. 진 교수가 박 교수의 7년 선배로, 박 교수가 현장기사로 일하고 있을 때, 그를 불러와 교수로 앉혔다.

박 교수에게 진 교수의 존재는 하늘같은 선배에다가, 그의 미래를 이끌어줄 든든한 배경이었다. 진 교수의 배려로 교수가 된 지 5년. 든든한 배경 덕에 실력이 출중하지 않아도, 목에 힘을 줄 수 있었다.

"한 교수네는 어떻게 되고 있어?"

"어찌어찌 완성은 했습니다만, 철로 만들었으니 일부분은 벌써 녹이 슬기 시작했답니다."

박 교수는 그 사건 이후로, 한 교수사무실의 출입금지 인물이 되었기 때문에 그의 심복들을 통해서 정보를 모을 수밖에 없었다.

"쯧쯧. 염탐이나 하라고 보냈더니 바보 같은 짓을 했어."

"죄송합니다. 선배님."

박 교수가 무슨 할 말이 있겠는가?

저녁이라서 석고 물을 뒤집어쓰고 가는 모습을 본 사람은 많이 없었지만, 소문이라는 것이 감추려 한다고 퍼지지 않던가!

다음 날, 진 교수에게 불려가서 호되게 욕을 먹었었다.

나이 마흔이나 먹어서 선배에게 손찌검을 당했지만, 그는 아무런 저항도 할 수 없었다. 그러니 더더욱 한 교수와 그 삼인방에게 이빨을 갈고 있었다.

"대자보 올린 건 어떻게 됐어?"

"아무런 반응이 없습니다. 뭔가 눈치를 챈 것 같습니다."

"현명하게 처신한 거지. 쯧쯧. 기회를 줘도 이렇게 말아먹나."

한심하다는 듯 박 교수를 쳐다봤지만, 박 교수의 머리는 점점 숙여질 뿐이었다.

"그건 넘어가기로 했으니, 잊어버려. 그나저나 이번에 지면 개망신인 거 알지."

"네, 선배님. 이길 수 있습니다."

"말로만 자신하지 말고, 결과로 보이라고. 거기 들어간 돈이 얼만지나 알아? 연간 연구비의 절반이 들어갔다고."

"네, 알고 있습니다."

"좋은 결과를 내면 유야무야 넘어갈 수 있지만 그렇지 않으면 곤란해."

"명심하겠습니다."

"다른 중립파 교수들이 무슨 생각인지 한 교수에게 자주 드나들어. 심상치 않아."

"제깟 것들이 뭘 어쩌겠습니까? 송사리들이 모여 봐야 송사리지요."

"그렇지 않아. 그럴 리야 없겠지만 하여간 조심해."

이번에도 실패를 하게 되면, 진 교수에게 향하는 교수들의 신망이 흔들릴 것이다. 그 여파의 시작은 자신이 쫓겨나는 것이 아닐까? 박 교수는 위기감을 느꼈다.

'이 자리에 잘만 붙어 있으면 학과장까지 바라볼 수 있는데, 이런 기회를 놓칠 수는 없지!'

한 교수와 삼인방에 대한 분노로 박 교수의 눈이 불타올랐다.

"그쪽 모형을 보고 오라고 시켰습니다.

"그래? 뭐라고 하던가?"

"오밀조밀 섬세하게 잘 만들기는 했지만, 우리 것이 더 화려합니다."

그의 말처럼 눈앞에 있는 30층짜리 주차장은 화려했다.

가용성이 좋은 나무로 만들었지만 도색전문가를 불러서 은색으로 도색했다. 번쩍거리면서 금속처럼 빛을 반사시키고 있었다. 또한 각 층의 펜스들은 일일이 주문 제작하여 붙였다.

1.5m가 넘는 건물의 두 쪽 벽을 개폐식으로 만들어 건물 기둥의 골조가 보이게 만들었다.

사람이 주된 하중이 아니라 차량이 올라가는 것이므로, 그 기둥 또한 굵고 힘 있어 보였다.

진 교수가 고개를 끄덕일 정도로 아름다운 구조물이었다.

"잘 만들었군. 역시 구조는 강해 보여야지! 돈 쓴 보람이 있어."

진 교수가 기분 좋아 보이자 잽싸게 말을 이었다.

"또한 그 팀에는 구조적인 문제점이 있지 않습니까!"

"그건 방심할 수 없어. 뭔가 대응책을 찾았을 거야. 분명해. 일부러 숨기고 있을 뿐이야."

"대응책을 찾았다고 해도, 지금은 시간이 없습니다."

"여차하면 보 중간에 기둥이라도 하나씩 박아버리면 끝나는 문제야. 방심하지 마."

"그런 땜빵 공사가 된다면 저희가 이기는 것이 당연하지요. 흐흐흐."

처음부터 계획된 것과 나중에 억지로 끼워 넣는 것은 티가 날 수밖에 없었다.

"한 교수 성격에 그런 짓은 안 할 겁니다. 예일을 나왔다는 자존심밖에 없는 건방진 놈 아닙니까?"

"그래도 실력이 있으니 저리 버티고 있는 거야."

"흥. 그까짓 실력! 힘으로 눌러 버리면 될 일입니다."

"이번에는 제대로 해. 저번처럼 실수하면 쫓겨날 줄 알아. 알았어?"

진 교수의 호통에 박 교수가 습관처럼 머리를 감쌌다.

며칠 전에 두터운 구조공학 책으로 맞은 자리가 아려오는 듯했다.

"애들 시켜서 잘하겠습니다. 염려 마십시오. 무사히 구조대전을 마치지 못할 겁니다. 흐흐."

또 뭔가를 준비해 놓은 것인가?

'이놈이 날이 갈수록 꼼수만 늘어나네. 이번에 실패하면

잘라야겠어. 나마저도 덤탱이를 쓸 수 있으니.'

진 교수가 몇 년에 걸쳐서 키운 오른팔이지만, 아부와 간계만 잘 부릴 뿐 할 줄 아는 것이 없었다.

그래도 충성 하나는 철저하기에 아직 데리고 있을 뿐이었다. 그래도 앞길에 방해가 될 소지가 있다면 제거해야 할 것이다.

이런 진 교수의 생각을 아는지 모르는지, 박 교수는 한 교수 팀을 골탕 먹일 생각에만 집중하고 있었다.

구조대전이 열리는 부산.

부산하게 전시물들을 배치하고 있었다.

진 교수가 물었다.

"박 교수, 한 교수 팀은 아직인가?"

"아마 시간에 맞춰올 수는 없을 겁니다."

"하긴 와도 걱정이야. 그 꼴로는 학교 망신이니 말일세."

"걱정 마십시오, 선배님. 제대로 배치나 할 수 있을지. 흐흐흐."

"저기 심사위원들이 오는군. 우리 자리로 가세."

머리가 희끗희끗한 정장 차림의 노인이 지팡이를 짚으며 들어왔다.

그 주변으로 여럿의 중년 남자가 그를 안내하고 있었다.

"교수님, 부산은 오랜만이시죠?"

"그렇지. 예전에 용두산 공원에 타워 설계할 때 오고는 처음인 것 같은데."

"후진 양성하시느라 많이 바쁘실 텐데, 와 주셔서 감사합니다. 교수님."

안내하는 50대 신사가 허리를 꾸벅 숙이는 것으로 보아 사제 관계인 듯했다.

팸플릿의 사진으로 보건데, 그 50대 남성이 구조대전의 주최자이며, 심사위원장이 분명했다.

"에잉, 우리나라 건축은 아직 멀었어. 언제나 미국이나 일본을 따라잡을 수 있겠나. 자네들이 분발해야 할 거야."

"알고 있습니다. 교수님. 발전하고자 이런 것도 준비하는 거 아니겠습니까. 허허허."

노교수의 등장에 진 교수의 얼굴이 굳었다.

'저 사람이 왜 여기에?'

지팡이를 든 사람은 위원장의 소개대로, 서울에 있는 H대학의 교수였다.

건축설계 경력 50년의 거목으로, 한국의 철골구조로 설계된 건축물은 모두 그의 손을 거치고 갔다고 해도 과언이 아니었고, 그 분야에서는 단연 독보적 일인자였다.

그런 만큼 다른 구조는 몰라도 철골구조에 대한 애착이 가득하여 그것에 대해서만큼은 맘에 들지 않으면 독설을 퍼붓는 것으로 유명했다.

진 교수도 학생 시절에 구조대전에 참가를 했다가 그에게 신랄하게 비판을 당한 적이 있었다.

벌써 20년이 다 되어가는 일이지만 그에 대한 기억이 좋을 수가 없었다.

다른 전시작들을 둘러보고, 심사위원들이 진 교수가 있는 쪽으로 향했다.

"오, 진 교수. 오랜만이네."

진 교수의 허리가 꾸벅 숙여졌다.

맘에 들고 안 들고를 떠나서 그보다 한참 연배가 위이며, 건축계의 선배였으니 당연하리라.

"교수님, 뵙게 되어 영광입니다."

두 손으로 악수를 청했다.

"진 교수, 울산으로 내려왔다는 소리를 들었네. 실력은 많이 좋아졌나?"

"하하. 아직 교수님에 비하면 멀었지 말입니다."

"그런 소리를 할 정도면 아직 한참 멀었다는 거야."

진 교수의 인상이 찌그러졌다.

'젠장. 이 늙은이는 무슨 소리를 해도 좋게 대답한 적이 없어.'

노교수가 빈정거림의 탄성을 토했다.

"오호. 그 대학에서는 두 작품이나 출품을 했어. 꽤나 자신이 있나 보지! 어디 봄세. 그런데 하나는 어디 있나?"

"그게 아직…… 오는 도중에 문제가 생겼나 봅니다. 신경 쓰지 마시지요."

"쯧쯧. 아직도 이렇게 준비성이 부족해서야."

노교수의 눈이 은색으로 치장한 주차장 건물로 향했다.

진 교수가 겸손하게 말했다.

"교수님께 보여드리기 부끄러운 작품입니다."

"알긴 아는구만. 그래도 많이 겸손해졌어."

진 교수의 이마에 식은땀이 고였다.

노교수의 평이 시작되었다.

"주차장 건물이군. 어라! 울산이네? 울산이 그렇게 발전을 했었나? 30층짜리 주차타워를 세울 정도로?"

진 교수보다 심사위원장의 얼굴이 더 노래졌다.

"있으면 좋지 않겠습니까? 안 그렇습니까? 진 교수님."

"하하. 그렇습니다."

"쯧쯧. 사용빈도가 떨어지는 건물은 도시 공해야, 공해! 이게 뭔 짓이야. 시간 버리고, 돈 버리고, 공간 버리고."

'구조를 보러 왔으면, 구조 이야기나 하시죠. 예나 지금이나 꼬장꼬장하기는.'

진 교수의 입이 댓 발이나 나왔지만, 아무도 그를 탓하지 않았다.

그의 품평을 듣는 모두가 몇 마디씩 쓴소리를 듣고 왔기 때문이다.

그들이 진 교수에게 동정의 눈길을 보내며 수군거렸다.

"쯧쯧. 뭔 배짱으로 두 개나 들고 왔대? 노인네 잔소리를 두 배로 듣겠구만."

"그래도 하나는 안 왔다니 다행이구만. 나는 빨리나 끝났으면 좋겠어."

심사위원장과 진 교수의 매서운 눈길이 그들을 훑어봤다. '다 기억했어! 두고 봐!'라는…….

"흠. 기둥이 아주 튼실해. 뭐로 만들었나?"

"예? 예. 나무로 만들었습니다."

"좋은 선택이야. 고작 구조모형 하나 만드는데, 힘들게 철로 만들 필요가 뭐 있겠어. 잘했어."

정말 잘했다는 말인지, 성의가 부족하다는 말인지 알쏭달쏭한 말로 진 교수의 머리를 어지럽혔다.

노교수의 말이 이어졌다.

"앞으로 30층 건물 만들 때, 나무로 쌓아 올리면 되겠네. 좋은 생각이야. 불만 안 나면 뭔 문제가 있겠나?"

'젠장. 이노무 노인네가.'

진 교수의 얼굴이 화르륵 붉게 달아올랐다.

"뭐. 그래도 준비는 열심히 한 것 같구만. 기둥도 튼실하고. 은색으로 도색을 해서 아주 화려하구만."

'그래도 성질은 많이 죽었네. 쌍소리는 안 하는군.'

"자네가 건축주라면 이 건물 짓겠나?"

진 교수가 말문이 막혔다.

"기둥을 저렇게 굵게 할 거냐는 말이지! 돈이 썩을 정도로 남아도나 보지?"

지팡이로 보를 가리키며 물었다.

"보는 또 왜 저렇게 두꺼워? 기둥은 뭐 하러 저리 촘촘하게 박았어? 자네 저기다가 덤프트럭만 주차할 거야? 100대가 올라가도 안 무너지겠군. 그게 아니라면 기둥을 반으로 줄이든지, 보를 반으로 줄여! 돈 낭비야 돈 낭비. 우리나라 자원이 남아도나?"

'말은 쉽지. 그게 맘대로 됩니까!'

"충고는 또 왜 이렇게 높아? 건물이 무너지는 게 아니라, 차가 바람에 날려가겠어! 대단해!"

'박 교수는 대체 어딜 간 거야?'

박 교수는 저 멀리서 한 교수와 말다툼을 하고 있었다.

'저 빌어먹을 놈의 인간이! 저걸 오른팔이라고.'

"진 교수! 자네는 구조가 장난으로 보이나? 구조가 뭔가? 가장 저렴한 비용으로 가장 효율적인 구조를 찾는 학문이야! 이런 설계는 초등학생한테 맡겨도 나온다네!"

'내가 이런 원론적인 지도까지 받아야 하는 거야!'

박 교수가 받아야 할 독설을 온전히 혼자 받아야 했다.

지금 와서 '나는 지도교수가 아닙니다'라고 발을 빼기엔 이미 늦었다.

그나마 위안인 것은 쌍욕은 안 한다는 것이었다.

진 교수 학생 시절에는 '개도 안 물어갈 이런 쓰레기를 무슨 용기로 출품했느냐'며 쌍소리를 들었었다.

그 기억에 한동안 구조라고 하면 헛구역질이 나지 않았던가?

지금은 욕은 안 하는 대신 독설에서 깊이가 느껴졌다.

예전에는 기분만 나빴다면 지금은 뭐랄까 가슴을 푹푹 찌른다고나 할까.

그 트라우마가 오늘 또 재현되려 하고 있었다.

그런 진 교수를 곤경에서 구해준 사람은 심사위원장이었다.

"교수님, 저기 마지막 작품이 도착한 모양입니다. 마저 보셔야지요."

회장 안으로 몇 명의 사람이 작품을 캐리어에 싣고 헐레벌떡 뛰어오고 있었다.

노교수는 아직도 뭔가 할 말이 많은 듯했지만, 여기까지 자신을 초대한 위원장을 봐서 독설을 끝냈다.

참가 전시물들의 심사가 거의 끝나가는 상황이었다.

우리가 마지막으로 입장하는 팀이었다.

다급히 안내표에 적힌 자리를 찾아 캐리어를 밀고 있었다. 시간이 얼마 남지 않았다.

반갑지 않은 사람이 나타났다. 박 교수가 빈정거리며 물었다.

"한 교수, 뭐하느라 이렇게 늦은 거요? 차가 고장이라도 났던 거요? 안타까워서 어떡하나. 그 쓰레기 같은 작품 기껏 만들어서 가져왔는데 심사도 못 받겠으니."

한 교수는 자리를 찾느라고 정신이 없었다.

박 교수에게 물었다.

"어떻게 그렇게 딱 맞추십니까? 박 교수님. 손이라도 대신 겁니까?"

"어허이. 이 친구가 또 이렇게 생사람을 잡네. 증거 있어? 우리도 니들처럼 학교에서 빌려준 차를 타고 온 거야. 너희가 운이 나쁜 거지. 운이 좋다고 해야 하나. 그래도 겨우 시간에 맞춰 들어왔으니."

노골적인 비웃음에 한석이 발작을 일으키려 했다.

내가 나서서 말리지 않았다면 싸움이 났을지도 모를 긴박한 상황이었다. 분명히 누군가가 우리에게 배당된 차에 장난을 쳤고, 그 유력한 용의자는 박 교수였다.

오는 내내 화를 참으며 왔는데, 지금 나타나서 또 내 속을 뒤집어 놓고 있었다.

"쯧쯧. 그렇게 준비성이 부족하니, 이 모양이지. 성훈 군. 학교 망신 안 시키게 잘 준비했어?"

"네, 박 교수님께서 대자보에 쓰신 내용처럼은 안 될 테니, 염려하지 마시죠?"

"뭐야? 이 싸가지 없는 새끼. 내가 썼다는 증거 있어?"

뻔한 사실로 어깃장을 부리니 한 교수도 짜증이 났던 모양이다.

"됐고, 우리 자리가 어딘지나 가르쳐 주시오."

"저기요. 잘 올리시오. 괜히 학교 망신시키지 말고."

박 교수는 혀 차는 소리를 내며 사라졌다.

"교수님. 일단 먼저 옮기시죠. 시작 시간 얼마 안 남았습니다."

머리 희끗한 노교수의 심사가 거의 끝나가는 상황이었다.

부랴부랴 캐리어를 밀고 가서 겨우 우리 자리에 도착할 수 있었다.

"하나, 둘, 셋!"

기합에 맞춰 네 귀퉁이를 하나씩 잡고 동시에 올렸다.

탁!

우리가 이마의 땀을 닦는 순간…… 전시탁자 한쪽 다리가 꺾어졌다. 1.8m에 달하는 강철 구조물이 넘어졌다.

콰당탕!

아크릴로 된 외부마감이 '쩍' 하니 부서졌다.

넷이서 조심스럽게 들어야 할 정도였으니 무게가 상당했다.

내구성을 튼튼하게 만들긴 했지만, 위에서 넘어진 것이니

안쪽이 파손되었을지도 모를 노릇이었다.

그래도 무너질 정도는 아니었다. 그렇게 약한 탁자를 놓아뒀을 리가 없었다.

'아무리 그래도, 박 교수가 이런 짓까지 했을까?'

의심보다는 설마라는 의문이 먼저 들었다. 고개를 돌렸다. 저쪽에서 박 교수가 비릿한 웃음을 날리고 있었다.

'개새끼!'

부서지는 광경을 본 노교수가 눈살을 찌푸리며 물었다.

"위원장. 저 팀은 뭔가?"

"마지막 팀인 모양인데, 급하게 하다가 작품이 엎어진 모양입니다. 흔히 있는 일입니다."

"저리 준비가 부족해서야. 요즘은 자격 없는 친구들이 많아. 쯧쯧. 저쪽도 진 교수 팀인가?"

심사가 다 끝나고, 남은 것은 하나! 진 교수 학교의 팀이니, 응당 그리 생각할 만했다.

금이 쩍쩍 가 있는 성훈 팀의 작품은 누가 보기에도 눈살을 찌푸릴 만했다.

"그게……."

맞다고 하기는 부끄럽고, 아니라고 할 수도 없는 상황이었다.

진 교수는 대답을 하지 못하고 머뭇거렸다.

한 교수가 앞으로 나섰다.

"이 작품은 제가 지도교수입니다. 한승원입니다."

출품한 사람들의 얼굴에 안도의 한숨이 흘러나왔다.

'어쨌거나 이번은 진짜 마지막이네. 휴. 이게 뭐냐! 학생작품 품평회도 아니고.'

다른 사람이었다면 대뜸 당신이 뭔데 작품에 배 놔라 감 놔라 하냐고 혼쭐을 내었겠지만, 눈앞의 노교수는 그런 차원의 사람이 아니었다.

그가 한 교수에게 물었다.

"늦은 거야. 사정이 있겠지. 묻지 않겠네. 하지만 감점요인이라는 것은 알겠지?"

"네, 교수님. 늦은 저희 잘못이지요. 부서진 건 성급했던 저희 실수구요."

노교수는 깨진 아크릴 조각을 조심하며, 지팡이로 구조물을 툭툭 찌르며 말했다.

"알면 됐네. 상업적 용도의 건물인가?"

"네, 오피스텔입니다."

"내부에 구조가 있는 건 알겠는데, 이렇게 누워 있어서야 내가 볼 수가 없겠구만. 과연 내가 볼 가치가 있겠나?"

"네."

한 교수의 대답은 단호했다.

"이 정도의 충격이라면 내부의 구조 모형도 이미 부서졌을 거고, 그 정도에 부서질 정도라면, 이미 구조적으로 불합격인데도?"

이미 노교수의 마음에서 성훈 팀의 작품은 'F'로 결정난 것 같았다.

"봐 주신다면 영광으로 여기겠습니다. 그리고…… 저희 팀의 자신작입니다."

"흥. 젊은 친구의 자신작이라. 패기를 봐서 한번 봐주지. 오만이 아니길 빌겠네. 여기! 단상 하나 새로 가져와 봐."

진행요원들이 단상을 가져와 구조물을 제 위치로 올려놓았다.

노교수의 눈이 빛났다.

진 교수가 한 교수에게 눈짓을 보냈다.

'그 보의 구조결함 해결했나?'

한 교수가 고개를 끄덕였다.

'어떻게?'

어깨를 으쓱했다.

'그냥 보시죠?'라는 의미.

눈앞의 이 노교수는 일반적인 의미의 전문가가 아니다.

말 그대로 한국 철골 구조의 산증인이라고 불리는 사람이었다.

한눈에 척 보고, 뭐가 잘못되었는지 아는 사람이었다.

어떤 방식으로 해결했는지는 알 수 없지만 약간만 어설픈 점이 있어도 불호령이 떨어질 것이다.

방금 전, 주차장 건물에서도 차마 교수란 타이틀을 달고는 듣기 싫을 정도의 독설을 퍼부었었다.

정작 쓴소리를 들어야 할 박 교수는 한 교수와 신경전을 벌이느라 그 집중포화를 자신이 다 받았다.

반면 실제 지도교수는 한 교수라 해도, 그 쓴소리는 이번에도 자신을 향할 것이다. 진 교수의 어깨가 절로 움츠려 들었다. 그는 차마 성훈 팀의 작품을 바라볼 수 없었다.

곤경에 빠진 진 교수를 위해 박 교수가 나섰다.

'선배의 곤란함을 모른 체하면 안 되지. 이럴 때 도와드리면 선배님께서 얼마나 고마워하시겠어.'

"교수님. 이런 말씀을 드리는 것은 송구하오나, 우리 한 교수의 건물에는 치명적인 문제점이 있습니다."

자신의 학교에서 출품한 작품의 잘못을 드러내다니 사람들의 시선이 박 교수에게 모였다.

노교수도 매서운 눈초리로 박 교수를 노려봤다.

"자넨 누군가?"

"네, 아까 보신 주차장건물을 설계한 팀의 지도교수입니다."

"아. 그 튼튼한 구조물의 지도교수구만."

"네, 그렇습니다. 하하."

박 교수는 진 교수가 독설에 쥐구멍을 찾을 때, 그 자리에 없었다. 내용을 모르니 저렇게 웃을 수 있는 것이다.

노교수의 눈가에 비웃음이 어렸다.

"훗. 그래. 이 팀과 상관이 있는 건가?"

"그건 아닙니다만."

"그럼 심사위원인가?"

"그것도 아닙니다. 그저……."

"자네도 알고 있는 치명적인 문제점을, 내가 모를 것 같아서 미리 조언하는 거라면 고맙네."

"교, 교수님. 그런 말씀이 아니라……."

"판단은 내가 할 테니 걱정 말게. 그리고!"

매서운 눈초리로 말을 이었다.

"교내의 지저분한 권력다툼이라면 이곳이 아니라도 충분할 텐데."

오랜 세월 교수로 생활하다 보면 구조에만 전문가가 되는 것이 아니었다.

박 교수가 찍소리도 못 하고 물러났다.

노교수가 외부 아크릴을 씌우고 있는 진행요원들에게 말했다.

"거기! 껍데기는 벗겨 버려. 필요 없어. 어차피 구조만 보면 되는 거야! 안 그런가?"

노교수의 관심이 한 교수를 향하자, 그는 고개를 끄덕였다.

그사이 한석은 떨어진 와플 슬래브 두 조각을 잽싸게 주워서 원래 자리에 끼워 넣었다.

"쯧쯧. 제대로 안 만들었으니 슬래브가 떨어지지. 감점 1."

한석이 어깨를 으쓱거리며 자리로 돌아왔다.

구조의 달인, 노교수의 품평이 시작될 시간이었다.

"헛. 이것 보게나! 꽤나 화려해."

노교수의 헛웃음이 터져 나왔다. 중인들의 시선이 성훈 팀의 구조물로 집중되었다.

"어떻게 구조물에 크롬 도금을 할 생각을 했나?"

백금처럼 빛나는 크롬이 화려하게 빛을 발산하며, 구조물을 부각시키고 있었다.

움츠려 있던 진 교수도 고개를 돌리지 않을 수 없었다.

"뭐! 크롬?"

사람 키만큼이나 크고, 거대한 구조물이 방금 수면 위를 올라온 미녀처럼 자태를 뽐내고 있었다.

박 교수를 비롯한 모든 참가인의 시선이 그곳으로 쏠렸다.

"야! 장난 아닌데!"

"자동차 휠에나 쓰이는 크롬을 이렇게 도금할 생각을 하다니."

"히야. H 형강의 깎인 면이 칼처럼 날카로운데. 나도 나중에 써먹어 봐야겠어."

"그렇게 대단한 소리를 내면서 넘어졌는데, 구겨지기는커

녕 휘어진 데도 없는데? 나무가 아닌가 봐."

"당연하지. 나무에 크롬 도금을 어떻게 해! 그럼 통짜 철이야? 미친 거 아냐? 저걸 어떻게 만들어."

"그러니까. 그런 소리가 났지. 나무였으면 벌써 박살 났어."

웅성거리는 소리가 커지자 노교수의 일갈이 이어졌다.

"보이는 것에 현혹되니, 구조의 결함을 못 보는 거야!"

그의 지팡이가 박 교수를 향했다.

"일단 시선을 사로잡은 건 인정하지."

내키지 않는 음성으로 말을 이었다.

"끙. 그리고 튼튼하게 만들었다는 것도 인정할 수밖에. 그렇다고 감점요인이 사라지는 건 아닐세!"

"그저 이 아름다운 구조물에 어울리는 치장을 한 것뿐입니다. 중요한 건 알맹이죠."

"젊은 친구가 자신만만하군. 언제까지 그럴지 보겠어. 완전히 철로 만들었나?"

"철과 석고, 그 두 가지만 썼습니다."

"철과 석고라. 석고는 콘크리트 대용일 테고, 와플 슬래브에 쓰인 거겠지."

"그렇습니다."

"실제와 동일하게 하겠다는 발상은 아주 좋아. 누구처럼 나무에 페인트칠 해놓고 철이라고 우기는 것보다는 백배 나아."

진 교수와 박 교수의 얼굴이 부끄러움으로 물들었다. 다른 사람들도 마찬가지였다.

하지만 마음속의 목소리는 아마 이것 하나였을 것이다.

'세상에 어느 미친놈이 강철로 모형을 만들 생각을 하냐고요. 돌았습니까. 교수님?'

강철에 칼을 대고 잘라낸다는 생각을 하니, 어차피 모형인데 나무로 하는 것이 당연한 것 아닌가?

나무가 아니라면 아크릴 등의 플라스틱을 사용한다. 강철은 괜히 강철인가? 가공성 '0'에 가깝다.

"강철은 가공성이 떨어지고, 석고 또한 손이 많이 가는 재료인데, 왜 그렇게 만들 생각을 했나?"

"제 제자 중의 한 녀석이 그러더군요. 똑같지 않으면 재미가 없다고요."

"재미없다고? 아니, 이게 재미있다고?"

"집 만드는 것보다 즐거운 놀이가 어디 있습니까? 교수님께서는 어떻게 생각하십니까?"

"집 만들기? 당연히 재밌지. 건축하려는 사람은 다 그런 거 아닌가? 재미도 없는 걸 어떻게 평생 하고 살겠나?"

노교수가 주변을 둘러보며, 반응을 보았다. 모두 고개를 끄덕이고 있었다.

밥벌이로 건축을 택하는 자도 있다. 그러나 오래 가지 못한다.

죽을 때까지 하려면 즐겁거나 혹은 미쳐야 한다. 그리고 자신의 일이어야 한다.

"그럼 이제, 저 친구가 말한 구조적 결함을 찾아보지."

한 교수가 눈썹을 으쓱인다.

'찾아보시죠'라는 도발적인 모습이었다.

그렇게 넘어졌음에도 구조 자체는 손상도 가지 않았다는 것에서 오는 자신감이리라.

노교수는 주차장 건물에서 했던 질문을 반대로 했다.

"왜 이렇게 보를 얇게 했나? 꼭 그렇게 해야 할 이유가 있었나?"

노교수의 매서운 눈은 심사위원이 아니라, 지도교수의 눈빛이었다.

자칫 잘못하면 위험한 발상이 될 수 있는 것을 왜 했느냐는 질책이었다.

"절감을 위해서입니다."

"절감?"

"건물이 위로 올라갈수록, 바람에 의한 횡하중이 기하급수적으로 증가합니다."

노교수가 고개를 끄덕였다. 자신도 지적했던 부분이 아니던가?

"그건 익히 알고 있는 사실이지. 그래서 보를 얇게 해서 층간을 낮추려 했다?"

"그렇습니다."

"의도는 좋지만 너무 위험한 발상이지 않나?"

"해결책이 있다면 신선한 발상이지 않겠습니까?"

노교수의 눈썹이 꿈틀거렸다.

'내 말에 전면으로 반박을 한다? 그만큼의 준비도 되었는지 볼까?'

"의도는 좋아. 그리고 보기도 좋아."

한 교수가 씨익 웃었다.

"이렇게 의자에 앉아서 보니, 확실히 구조가 보이는군. 멋있고, 화려해."

크롬의 구조물은 매끈한 몸체에서 생동감 있는 빛을 발하고 있었다.

"하지만 나는 화려함에 취해서 그 기본이 흐트러지는 것을 굉장히 싫어하는 사람이야."

한 교수도 그의 의견에 동의했다.

"맞는 말씀입니다. 겉치장이 아무리 화려해도 그 속이 비어 있다면 빛 좋은 개살구지요."

"이건 빛 좋은 개살구가 아니다?"

"그렇습니다."

"그럼. 설명해 보게."

한 교수가 시선을 나에게 돌렸다.

"교수님, 문제를 푼 사람이 설명해야 하지 않겠습니까?"

"문제를 푼 사람?"

"저는 학생들에게 문제를 냈습니다. 구조물이 높아지면 풍하중에 휩쓸린다. 층고를 줄여라. 보를 줄여라."

구조교수가 설명하지 못할 리가 없지 않은가? 얘기를 들어보니 예일대를 우수하게 졸업했다던데.

'그런데 다른 사람을 추천한다. 흥미롭군.'

"어느 학생에게 문제를 냈나? 불러 보게!"

'이건 구조대전이 아니라, 과제물 검사 같은 느낌인걸?'

정말 박진감 넘치는 분위기였다.

교수는 문제를 내고, 학생은 과제를 해온다.

그리고 교수는 학생의 멘탈이 가루가 될 때까지 박살 낸다. 그 과정에서 학생은 배운다. 뭐가 잘못되었는지, 어떤 것을 보강해야 하는지.

건축과의 흔한 수업 방식이다.

거만한 진 교수도 안절부절못하는 게 형을 기다리는 죄인 같았다.

그런 가운데 화살이 내게 향했다.

"성훈 군, 나와서 설명하게."

한 교수의 깜짝 발언에 놀라 나 스스로를 손가락으로 가리켰다. 왜?

'이게 마지막 숙제야'라며 수제자에게 신뢰를 담은 듯한 흐뭇한 웃음을 보였다.

내가 보기엔 재미있어 하는 모습이었다. 자랑스러운 작품을 남에게 소개하는 느낌?

다른 모든 이의 주목을 받았으니 나가지 않으면 여러 사람이 곤란해질 것이다.

노교수 앞에 서서 내 소개를 했다.

"ㅇㅇ대학의 2학년, 김성훈입니다. 뵙게 되어 반갑습니다."

"2학년?"

"네, 그렇습니다."

"재미있는 사제지간이군. 설명해 보게."

건방진 학생의 교만을 반드시 꾸짖고 말겠다는 노교수의 의지가 보였다.

"앞서 한 교수님께서 말씀하신 것처럼, 저희는 몇 가지 미션을 받았습니다."

우리가 받은 미션에 대해 노교수는 고개를 끄덕였다.

"발상은 좋아. 어떤 정신머리 없는 인간이 돈 많이 드는 줄 알면서, 건물만 높이 올리겠나?"

현장에 익숙한 교수답게 그 말 또한 거칠었다.

그의 뒤에 있던 제자, 심사위원들이 쑥덕거렸다.

"우리 교수님. 나이 드시더니, 많이 부드러워지셨네. 예전에 쌍욕을 하시더니. 미친 또라이들이라고……."

"어허. 이 사람들이! 조용히 안 해? 지금 내가 뭐하는 걸로 보이나?"

노교수는 완전히 수업 중이라고 착각하는 것 같았다.

한동안 설전이 오갔다.

"보마다 PS공법으로 할 수도 있었는데, 왜 하지 않았나? 한 교수가 안 가르쳐 주던가?"

한 교수도 생각했던 어쩌면 가장 일반적인 방법일 것이다.

PS란 Prestress. 부재에 미리 응력을 가하는 공법을 말한다. 그만큼 더 많은 하중을 견뎌낼 수 있다.

간단히 설명하자면 긴 부재에 하중이 가해질 경우 휨이 발생하며, 부재가 견딜 수 있는 범위를 넘어서면 파괴된다.

이 경우, 하중의 반대 방향으로 미리 와이어로 당겨주면 휨이 덜 발생하고, 파괴 범위에 도달하지 않음으로 인해 하중을 견딜 수 있도록 하는 공법을 말한다.

"그렇게 할 수도 있었지만, 보에 스트레스가 과하게 전해지므로, 보가 두꺼워질 수밖에 없습니다. 그래서 배제했습니다."

보를 얇게 하기 위함인데, 보가 두꺼워져서는 의미가 없었다. 그리고 얇은 보에 와이어를 걸어 봐야 그 한계는 명확했다. 이미 생각했던 방법이니, 그에 대한 답도 있게 마련 아닌가?

노교수의 질문이 이어졌다

"아무리 방청처리를 한 와이어라고 해도, 세월이 지나면 녹이 슬 것이다. 그때는 와이어를 어떤 방식으로 교체할 생각인가?"

"보마다 와이어를 연결시킬 구멍이 2개씩 뚫려 있습니다. 하나씩 사용해서 교체하면 됩니다."

이 부분은 나중을 생각한 방법이었다. 이미 고려되어 있었다.

디자인과 실무적인 부분을 총망라하는 질문들이 이어졌다. 난 모두 대답할 수 있었다.

왜냐고?

직접 설계했고, 발생 가능한 문제들을 한 교수가 모두 지적했기 때문이다.

확실히 한 교수는 좋은 스승이었다.

노교수가 무릎을 짚고 일어섰다.

"말은 잘하는군. 요즘 젊은이들은 말을 너무 잘해. 끄응!"

뒤에 있던 제자들이 재빨리 일어나, 그의 양옆에서 어깨를 잡으며 부축했다.

"됐어. 이놈들아. 놔! 나 쌩쌩해."

심사위원들의 속닥이는 목소리가 들렸다.

"에구, 교수님. 또 완전 몰입하셨네. 지금이 수업 시간이라고 생각하시나 봐."

"냅 둬라. 나 저번에 말렸다가 지팡이에 두드려 맞았잖아. 건방지게 끼어든다고. 50이 넘은 내가 말야."

"하긴. 저러고 나서 끝나면 사과하시니 문제는 없잖아. 그런데 저러시는 모습 참 오랜만이네."

"좋다. 야, 난 학생 때로 돌아간 것 같아. 하하."

"그나저나 저 친구들 보니까 그러실 만도 하네. 뭔가 꼬투리를 잡고 호통을 쳐야 끝을 내시지. 하하."

"언제 끝내시려고 또 일어서시는 거야. 나 오늘 약속 있다고."

"포기해라. 저러면 일찍 끝나긴 글렀어. 흐흐."

그들은 말리기보다는 오히려 그런 노교수의 열정적인 모습을 즐기고 있었다.

어깨로 그들의 손을 떨치며 나에게 다가왔다.

"말은 번지르르한데, 그만큼 튼튼한지도 한번 볼까?"

노교수에게 웃음으로 화답했다.

"얼마든지 테스트하셔도 됩니다."

"이 보의 중단부분은 이렇게 와이어로 보강을 했으니, 당연히 튼튼하겠지."

보의 중단은 뚱땡이 메기, 박 교수가 눌렀던 부분이다.

그러나 노교수는 기둥과 와이어 사이에 손을 올렸다.

"하지만 이 부분은 의심스럽단 말이야. 보의 중앙을 인장력 위주로 설계했다면 아무래도 약하겠지?"

나에게 웃음을 보였다.

'설마 여기를 만질 거라 생각했어? 요건 몰랐지. 요놈아!'

노교수의 장난기를 노안의 눈가에 어린 주름이 말하고 있었다.

그 행동에서 나에게 약간의 흔들림이라도 있을 것으로 기대했던 모양이다.

노교수의 손이 보를 눌렀다.

"어! 어?"

교수의 눈이 동그래지면서 눈가의 주름이 이마로 올라가 버렸다.

"왜 꿈쩍도 안 하는 거지? 휘어지지 않을 리가 없는데?"

다시 한 번 눌러보던 노교수가 호통을 쳤다.

"여기에 무슨 장난을 친 거냐?"

'장난이라뇨. 당연히 준비를 해야 하는 거지요.'

"한석아."

"네, 선배님!"

"설명해 드려!"

"네, 선배님!"

한석에게 바통 터치를 했다.

노교수의 놀라움은 와플 슬래브로 인한 일이었고, 그것을 담당한 십장은 한석이었으니까. 그의 옆으로 간 한석이 아까 주워 넣었던 반토막 와플 슬래브를 빼내어 노교수의 손에 올려놓았다.

한석이 인사를 꾸벅하며 말했다.

"아까 주워놓았던 거지 말임다. 보여 드리려고 일부러 잘라 놓았던 겁다. 교수님!"

노교수는 감점 1점을 '0'으로 되돌려야 할 것이다. 의도된 실수는 실수가 아니니까.

건축에 무슨 말이 필요한가? 결과로 보여주면 되는 것이다.

슬래브 단면의 배근은 'U'자형이 아닌, 'W'자 모양을 하고 있었다.

중앙 부분에 와이어가 들어가면서 인장력과 압축력의 위치가 서로 바뀌는 것을 고려한 설계였다.

"요놈들! 미리 생각하고 있었던 게냐?"

비장의 무기가 헛방으로 돌아간 듯 허탈한 모습이었다.

노교수가 내게 물었다.

"그럼 나중에 땜빵으로 와이어를 설치한 것이 아니라, 정말 처음부터 계획했다는 말인가?"

"네, 맞습니다."

"흠."

잘려진 슬래브를 보며 노교수가 혼잣말을 중얼거렸다.

"똑같이 안 하면 재미가 없다…… 라."

말하면서도 눈으로 철근 숫자를 세고 있었다.

'귀신같은 양반이네. 가는 철사를 굵은 철사로 바꾸길 잘했군. 후!'

노교수가 나를 보며 웃었다.

'네가 무슨 짓을 했는지 알고 있다'며.

나도 웃어주었다.

'당신 같은 양반을 만날까 봐 철사를 바꿨다'고.

진짜 전문가에게는 꼼수 따위가 통하지 않는다.

노교수는 번쩍거리며 광택을 뿜는 철골들을 군데군데 만지기도 하고 들여다보더니 나에게 물었다.

"자네가 직접 만든 건가?"

"지도교수님을 포함한 저희 모두가 만들었습니다만, 주된 제작자는 따로 있습니다."

대답과 함께 민수를 소개했다.

새로운 인물의 등장에 또 한 번 노교수가 입맛을 다셨다.

민수에게는 실질적인 조립 부분에 대한 질문이 이어졌다.

다소 고난이도의 질문도 있었지만, 직접 만들었는데 막힐 것이 뭐가 있는가?

모형을 만들 때, 우리의 포지션은 무조건 민수가 소장이었다. 민수는 작은 목소리였지만, 차분히 질문에 대한 답을 이어나갔다.

간혹 노교수의 호통이 들렸다.

"나 늙어서 잘 안 들려! 죽도 안 먹었어? 그래 가지고 현장 지휘하겠어?"

교수의 감상평이 끝났다.

"아직은 멀었지만…… 크흠."

못내 칭찬하기가 쑥스러웠던지, 노교수는 끝내 헛기침을 하고 말았다.

"잘 만들었어. 특히 철골 구조에 대한 이해도는 아주 높은 수준이었다고 평가한다."

지팡이로 전시대를 통통 치며 말했다.

"고로 이 작품에 대한 본교수의 학점은……."

심사위원들이 뛰쳐나왔다.

"또, 또, 시작이시다. 야! 교수님 말려!"

잠시 작품평에 몰입했던 교수가 달려오는 제자들을 보았다.

"뭐냐? 이놈들아!"

"교수님! 지금 수업 시간이 아닙니다. 고정하세요."

한바탕 소동이 지나갔다.

"쩝. 고놈들. 잘 만들었네."

다시 한 번 우리 구조물을 쳐다보고는 자리에 돌아와 의자에 앉았다.

그는 한 교수를 향해 엄지를 척 올리며 입 모양으로 말했다.

'A+'

한 교수가 열정적인 노교수에게 허리 숙여 존경을 표했다.

'제가 할 품평을 대신해 주셨군요. 저보다 더 디테일하게.'

노교수가 심사위원장을 비롯한 제자들에게 물었다.

"내가 더 봐야 할 것이 남아 있나?"

"없습니다. 교수님."

"그럼 나는 일어나겠네. 끙!"

"교수님, 지팡이 여기 있습니다."

경남, 부산 지역의 난다 긴다 하는 건축가들이 늙은 교수에게 허리를 숙였다.

노교수가 말했다.

"저거!"

"네, 교수님."

"껍데기 씌우지 말고, 저기다 놔둬."

"네?"

그가 가르친 곳은 전시회장의 한가운데 휑하니 빈 공간이었다.

"오는 사람마다 보고 배우라고 해. 구조의 최적화라는 게 뭔지! 껍데기 절대 씌우지 마. 알겠나?"

"네, 교수님. 살펴 가십시오. 감사합니다."

나가는 길에 우리와 눈이 마주쳤다.

나에게 다가와서 말했다.

"성훈이라고 했나? 나중에 대학원을 진학할 거라면 우리 학교로 와! 내가 철저하게 단련시켜 주지!"

"고려해 보겠습니다. 교수님."

나에게서 눈을 떼고는 한 교수에게 말했다.

"한 교수라고 했나? 좋겠어. 뛰어난 제자들을 둬서 말이야."

"그러게 말입니다."

"저놈은 물론이고 다른 녀석들도 다 쓸 만하니, 그야말로 소수정예로구만. 부러우이. 시간되면 우리 학교로 놀러오게나."

"감사합니다. 꼭 한 번 놀러가겠습니다."

노교수가 일부 심사위원들의 부축을 받으며 밖으로 사라졌다.

노교수의 고함 소리가 들렸다.

"놔라. 이놈들아. 내가 치매 들렸냐? 뭣이 어쩌고 어째!"

"교수님, 그런 말씀이 아니잖습니…… 앗."

비명 지른 이의 목소리가 이어졌다.

"야! 교수님 지팡이 빼앗아! 앗. 앗."

설마설마 하면서도 의심이 가는 부분은 반드시 풀어야만 했다.

학교에서 준비한 차량?

고장으로 인해 시간이 지연되었다.

박 교수를 충분히 의심할 만했지만, 치명적인 피해를 준 것은 아니었다.

그러나 무너진 단상은 그 의미가 다르다.

철로 된 구조물이 아니라 에펠탑처럼 나무로 된 구조물이었다면, 생각만 해도 끔찍하다.

한 달을 투자한 우리의 결과물이 한순간에 날아갈 뻔했다.

주변을 둘러보니 곳곳에 CCTV가 설치되어 있었다.

구조대전 주최 측을 찾아갔다.

"대전 현장의 CCTV가 있더군요. 비디오테이프 사본을 얻고 싶습니다."

몇 차례 사정을 할 각오로 왔지만 의외로 협조적이었다.

심사위원장이 말했다.

"더 필요하신 부분이 있다면 언제든 연락 주시오."

그의 명함을 건네 받았다.

　

"교수님, 찾으러 왔습니다."

―그렇지? 그놈이라면 반드시 그럴 것 같았어. 잘 전달해 줬겠지!

"그럼요. 교수님 명이신데요."

—이놈아. 너도 정신 똑바로 차리고 살아. 명색이 경남 건축가 협회장이란 놈이. 쯧쯧.

"에이, 교수님도. 제가 나이가 50이 넘었습니다."

—그래서! 잔소리 듣기 싫다고? 맞먹자는 거냐?

"아이고, 아닙니다. 그럴 리가 있겠습니까?"

—제대로 안 하면 네놈부터 박살 날 줄 알아!

"여보세요. 여보세요. 전화가 잘 안 들립니다. 교수님 끊습니다. 만수무강하십시오."

—이놈이…… 뚜.뚜.뚜.

심사위원장이 의자에 몸을 기대며 넥타이 끈을 풀었다.

"휴. 김 비서. 물 한 잔만 줘. 목이 타 죽겠어."

CCTV 영상을 보며 한석이 흥분했다.

"그럼. 얘네들이 일부러 그랬다는 말임까?"

"설마. 그렇게까지 했을까요?"

대번 흥분하는 한석과 달리, 민수는 이의를 제기했다.

그들이 알지 못하는 사실을 이야기해 줬다.

"실은 그날, 내가 다리를 직접 확인하고 왔어."

찍어온 책상 사진을 둘에게 보여줬다.

"완전히 꺾였는데 말임다. 일부러 꺾은 검다. 일부러 우리 엿 먹이려고! 트럭 고장도 그렇고, 박 교수 짓임다."

"저도 박 교수가 의심은 가는데, 이 정도 가지고는 박 교수에게 시비를 걸기는 어려워 보여요."

"내 생각도 그래."

의심할 수 있는 상황이었고 심증은 있었지만, 그를 지목할 결정적인 무언가가 부족했다.

확신이 없는 것으로 핍박을 했다가는 도리어 역습을 당할 것이다.

"한 교수님께는 말하지 마라. 기다리면 뭔가 나올 거다."

둘이 고개를 끄덕였다.

책상이 무너졌을 때 나는 확신했다.

비릿한 박 교수의 웃음은 '꼴좋네'가 아니라, '그것 봐라'라는 눈빛이었다.

하나 심증만으로 올가미를 씌우기에는 한계가 있는 법.

책상을 옮기는 것이 조교들이었다면, 그들에게 책임을 물었을지도 모른다.

그래 봐야 돌아오는 것은 없었을 것이다. 조교들은 박 교수에게 학점으로 매인 노예와 같았으니까.

하지만 그런 꼬투리를 잡히기 싫었던 것인지, 박 교수는 어린 학생 둘을 동원했었다. 다음 학기면 군대에 입대할 녀석들을 말이다. 변화가 생기면 변수도 발생한다.

나는 기다리기로 했다.

마치 아무것도 모르는 것처럼.

구조대전의 결과가 나왔다.

심사위원들 만장일치로 대상 수상이 결정되었다는 소식을 들었다.

총장이 한 교수와 나를 포함한 4명을 호출했다.

총장실로 들어가니 낯익은 사람이 있었다. 전에 봤던 심사위원장이 학장과 이야기하고 있었다.

"노교수님께서 많이 기대를 하십니다. 한국 건축의 내실이 다져지고 있다고 말입니다."

"허허. 거참. 그분께서 칭찬을 하셨습니까? 기쁘기 그지없습니다. 그려."

총장은 우리가 들어오는 것을 보고는 일어서며 손짓했다.

"마침 주인공들이 저기 오는구려. 이리들 와서 앉게. 이분은 알지?"

심사위원장도 일어나서 인사를 했다.

"안 오면 가서 만나보고 가려했는데, 잘됐네! 대상수상을 축하하네."

그는 직접 상패를 전달하고 사진을 찍고 돌아갔다.

"자네들 덕에 내가 노교수님께 체면이 섰다네. 다음에 열리는 대전에도 꼭 참가해 주게. 부탁이네."

라며…….

총장이 차를 권했다.

"한 교수, 그리고 성훈 군. 기대를 저버리지 않았군. 오히려 생각보다 더 좋은 결과를 냈어. 허허허."

총장은 너털웃음을 터뜨리며 그가 한 약속을 지켰다.

티켓 세 장은 물론이고, 다음 해 내로 구조실험실을 완성시켜 주기로 약속했다.

"H대학 노교수에게서도 연락이 왔었네. 자네들을 아주 좋게 평하던데."

"교수님이 좋게 봐주셨습니다. 오히려 저희가 감사할 일이지요. 그리고 이 친구들이 열심히 한 덕분입니다."

한 교수는 우리에 대한 칭찬을 잊지 않았다.

"한 교수, 그렇게 겸양하지 않아도 되네. 그 사람이 엄청 깐깐하거든. 쉽게 칭찬하는 분이 아니지."

그리고 말을 이었다.

"이 친구들은 또 새로운 인재들이구만. 학교의 앞날이 밝아."

민수와 한석에게 악수를 청했다. 총장은 아주 기분이 좋아 보였다. 유명한 H대학의, 그것도 국내에서 알아주는 권위자인 노교수의 칭찬을 받은 것이 더없이 기뻤던 모양이었다.

"자, 이제 내가 한 약속은 지켰네."

"감사합니다. 총장님."

"내가 기분이 좋아서 그런데 말일세. 건축과를 위해 더 해 줬으면 하는 것이 없는가?"

한 교수가 나를 쳐다보았다.

나는 지금까지 생각해 왔고, 한 교수와 의논해 왔던 것을 말하기 시작했다.

"총장님께서는 우리나라 전통 건축에 대한 미래를 어떻게 생각하십니까?"

한참 동안 나와 총장의 의견이 오갔다.

총장이 흥미로운 표정을 지으며 말했다.

"흠. 성훈 군의 아이디어인가? 계획이 아주 잘되어 있어. 그러나 바로 진행시키기에는 애로사항이 있어 보이는군."

첫술에 배부를 생각은 없었다. 총장의 흥미를 끈 것으로 만족했다.

"그렇습니다. 그저 총장님의 의견을 여쭤보고 싶었을 뿐입니다."

"이건 좀 더 심도 깊은 대화가 필요하겠군. 따로 시간을 잡도록 하지."

인사를 하고 총장실을 나왔다.

기말고사가 끝났다. 이제 곧 방학이 시작될 것이다.

"선배님, 우혁이 아심까?"

"그럼 알지. 너 다음 가는 농땡이였지. 아마! 이번 학기 마치면 군대 간다면서."

"제가 농땡이 딱지를 뗀 게 언젠데 그러심까?"

'아무리 올챙이 적 시절을 기억 못 한다지만, 너 그 딱지 뗀 지, 두 달도 안 됐거든!'

하긴 지금의 그에게 농땡이 딱지를 붙이기에는 한석이 아까웠다.

"그래서! 우혁이가 왜?"

"박 교수 구조 수업에서 A+를 받았슴다. 이상하잖슴까?"

"열심히 했나 보지."

"아님다. 의심스러워서 트러스구조에 대해 물어봤슴다. 전혀 모름다."

"진짜!"

"진짬다."

기다리던 변수가 발생했다.

"친하냐?"

"친하지는 않지만, 알고는 있슴다."

"입대 전에 술 한잔하자고 불러내라."

"네, 알겠습다."

교내에서 일을 벌이기에는 보는 눈이 많았다.

　　　　　　　🍂

박 교수 사무실을 찾아갔다.

"박 교수님."

"뭐야. 이 자식아. 뭐 또 할 말이 있어서 왔어?"

길게 말할 필요 있으랴!

녹음기를 틀어줬다.

우혁과 술을 마시며 알아낸 사실이 그 안에 들어 있었다.

우혁의 긴장한 목소리가 들렸다.

[일부러 그런 거 아니에요. 박 교수님이 시켜서…… 학점을 주신
다고…….]

[이 자식아. 교수가 시킨다고 하냐? 너 제정신이냐?]

[나 구조까지 F 맞으면, 학사경고였어.]

[미친놈!]

흥분한 한석의 목소리도 섞여 있었다.

"흥. 어린애를 협박한 거냐?"

"협박이라뇨. 협조를 구한 거지요. 교수님이야말로 학점

으로 협박한 게 부끄럽지 않으십니까?"

"크크크. 어이가 없구만. 감히 어린놈이! 교수를 협박해?"

'큰소리치면 장땡이냐?'

"인정하지 않으시는 겁니까? 교수님?"

"협박으로 얻어낸 자료가 신빙성이 있겠어?"

협조와 회유라는 좋은 단어를 두고, 협박이라는 것을 강조하고 있었다.

"참 많이도 해보셨나 보네요. 이리 대응이 빠르신 걸 보니."

어차피 처음부터 시인할 거라고 생각하지 않았었다.

박 교수는 코웃음을 치며 나를 비웃었다.

"흥. 너도 교수생활 5년 해봐라. 이렇게 안 되나!"

다른 카드를 내밀었다.

"그럼 이것도 보실래요? 총장님께도 보여드릴 건데."

그가 석고를 뒤집어쓰던 날의 영상이었다.

"이 새끼가! 일부러 날 엿 먹이려고 꾸민 거냐?"

"에이, 설마요! 박 교수님 하나 때문에 그런 일을 꾸밀 정도로 제가 한가해 보십니까?"

"그럼 그게 아니면 뭐냐? 이게!"

"이거랑 비슷한 영상, 총장님 방에도 하나 있어요. 에펠탑 만드는 거. 교수님은 못 보셨나 보죠?"

"……."

"일부러 찍지도 않았지만 총장님이 보시면 누구 말을 믿을까요?"

그는 아무 말도 하지 못했다.

"아! 물론 진 교수님께도 보여 드릴 겁니다. 교수님께서 진 교수님 오른팔인 거 학교에서 공공연한 사실인데."

"그걸 진 교수님께 보여줘서 어쩌려고."

"진 교수님도 선택을 해야 하지 않겠습니까? 오른팔을 잘라 내야 할지도 모르는데."

"진 교수님이 나를 잘라 내실 것 같아?"

"순진하시네요. 설마 교수님이 혼자서 이 일을 계획했다고 생각하실까요? 총장님께서?"

"총장님이 건축과의 일에 왜 끼어드실 거라 생각하냐?"

그는 내가 왜 구조대전에 끼어들었는지를 전혀 모르고 있었다. 총장과의 거래는 물론이고.

'왜 우리가 구조대전에 끼어들었다고 생각하십니까? 제가 하고 싶어서요? 이 싸움에 끼어들고 싶어서?'

하지만 굳이 그걸 말할 필요는 없었다.

총장은 비장의 카드로 숨겨두기로 했다.

"결정하세요. 박 교수님만 사직하실지, 아니면 감자 뿌리마냥 모조리 잘라 내실 건지. 아! 물론 저는 후자가 더 좋습니다."

"고작 대전에서 상 한 번 탔다고, 세상이 자네 것처럼 보이는가? 기고만장 하지 마!"

거참. 누가 기고만장인 건지! 진 교수의 파워를 믿는 것인가?

오히려 단시간의 결과로만 두고 본다면 한 교수의 배경을 만들기에는 지금 승부를 내는 것이 좋을 수도 있다.

총장은 명분만 있으면 얼마든지 한 교수를 밀어줄 사람이다.

처음 만나는 자리에서 총장이 말했었다.

"명분만 가져와. 다해주지."

"총장님께는 아직 보내지 않았습니다."

"왜? 무엇 때문에?"

"건축과 내부적으로 조용히 처리하고 싶습니다."

"그렇단 말이지. 알았네. 생각할 시간을 주게."

"올바른 선택을 하기를 바랍니다. 교수님."

나는 박 교수에게 선택을 강요했다.

내가 보기에 결과는 이미 정해져 있었다.

발악을 선택할 수도 있지만 아무런 영양가가 없을 것이다.

'진 교수가 먼저 잘라 버릴지도 모르지. 소문이 사실이라면 희생양이 필요할 테니까.'

이번 대전을 준비하면서 박 교수가 연구비의 일부를 사적인 용도로 썼다는 루머가 교수들 사이에서 돌고 있었다.

그리고 또 한 가지 루머가 있었다.

'박 교수가 혼자서 먹었겠어?'라는 소문 말이다.

결국 박 교수는 뭐가 되었든, 자신이 바라는 것이 아닌 자신의 의지와 상관없는 선택을 해야 할 것이다.

왜 나는 이 일을 총장에게 알리기 싫었을까?

총장의 힘이라면 한 교수는 손쉽게 힘을 얻을 수 있을 것이다.

하지만 총장이 그 자리에 있는 한 그에게 휘둘려야 할 것이다. 그건 내가 바라는 방향이 아니었다.

스스로 해결할 수 있는 일이라면 자신의 힘으로 처리하는 것이 좋다. 내가 스스로 성장하는 만큼 한 교수도 성장해야 한다고 생각했다.

나는 한 교수를 단순한 배경이 아니라, 평생의 파트너가 되기를 바랐다. 이전의 삶에서 그가 스스로의 힘으로 한국 건축의 중심이 되는 것을 보고 말이다.

기나긴 마라톤을 달려야 하는데, 한 교수가 누군가의 의도적 도움으로 꼭두각시가 되는 것도, 그 힘에 취해 어깨에 힘이 들어가는 것도 싫었다.

적어도 내 파트너라면 스스로의 힘으로 그 배경을 거머쥐어야 하는 것이 아닐까?

이전의 생에서 그가 그랬던 것처럼!

성훈이 사라진 후, 박 교수가 이빨을 갈았다.

"어린 노무 새끼가…… 감히. 곧 후회하게 해주지!"

그날 밤, 박 교수는 진 교수 방을 찾았다.

그는 성훈이 찾아와 자신을 협박했다며 흥분했다.

"선배님! 그런 싸가지 없는 새끼가 어디 있습니까? 감히 교수를 협박해?"

하지만 진 교수는 다르게 생각하는 모양이었다.

"성훈이는 아직 서른도 안 된 학생이야. 그렇게 영악할 리가 없어."

'박 교수. 협박은 아무나 하는 줄 아나? 멍청하기는 쯧쯧.'

"선배님, 그렇게 생각하시면 실수하시는 겁니다."

"그럴 수도 있지. 하지만 한 교수가 시킨 일일 거야. 성훈이가 그의 오른팔인 건 다 알잖나?"

"한 교수가 알았다면 이랬겠습니까? 당장 튀어 와서 멱살을 잡았겠지."

그러나 진 교수의 생각은 달랐다.

'한 교수는 그럴 시간이 없어. 얼마나 일처리를 허술하게 했으면 학생에게 약점을 잡히나. 쯧쯧. 버릴 때가 됐어.'

그렇지 않아도 진 교수는 코너에 몰려 있었다.

이번 구조대전을 성공적으로 끝내고 다음 학기에 예산을 풍부하게 타낼 생각을 하고 있었는데, 엉뚱하게 한 교수 팀이 대상을 타버렸다.

박 교수 팀은 순위권에 입상하지도 못 하고 장려상을 받는 것으로 그쳤다.

그걸 빌미삼아 한 교수파에서 연구비 내역을 투명하게 하라는 압박이 들어오고 있었다.

'이거 아무래도 한 교수가 양동작전을 쓰는 모양인데. 애송인 줄 알았더니, 수 싸움이 대단해!'

한 교수파란, 박 교수 난동 시 그 자리에 있었던 다른 과목 교수들이 한 교수를 중심으로 뭉친 파벌을 말했다.

'어차피 이 일을 넘기기 위해서는 희생양이 필요했어.'

진 교수가 물었다.

"자네 충고는 고맙게 듣지. 자네는 이 사태를 어찌 해결했으면 좋겠나?"

"어쩌긴요. 눌러 버려야지요. 저는 선배님만 믿고 있습니다."

당연한 듯 말하는 박 교수의 대답에 한숨이 나왔다.

'휴. 나도 그랬으면 좋겠다.'

총장이 그들을 불러 직접 치하하고, 한 교수에게 구조실험실을 지어준다면서 적극적으로 지원을 하고 있는 상황이었다.

'그런데 지금 이 상황에서 한 교수에게 해코지를 한다고? 미친 자식!'

암투가 벌어졌다가는 진 교수 자신의 자리도 온전하지 못할 것인데, 오른팔이라는 박 교수는 속 편한 소리를 하고 있었다.

'빌어먹을 놈! 노교수에게 욕먹을 때도 멀리 피해 있더니⋯⋯.'

얼마 전 구조대전에서 노교수에게 신랄하게 비난받던 일이 떠올라 분노가 치밀었다.

'이번에는 나를 방패 삼아 뒤에 숨을 셈이냐?'

잘 키워서 방패로 쓰려고 했더니, 박 교수는 오히려 자신을 방패로 쓰려고 하는 것으로 보였다.

"선배님! 이제 곧 방학입니다. 조금만 있으면 유야무야될 겁니다. 아니면 제가 알아서 처리하겠습니다."

그러나 진 교수는 그의 말을 곧이곧대로 믿지 않았다.

"자네는 이번 일에서 몇 번이나 한 교수 팀에게 덫을 놓지 않았었나?"

박 교수의 얼굴이 굳어졌다.

"선배님, 그 말씀은? 제가 미덥지 못하다는⋯⋯."

"어쨌거나 지금은 싸움을 할 때가 아니네. 그 녀석 말대로 아직 총장은 이 사실을 모르네."

"그럼 정말 그 녀석이 총장에게 발설을 할 거라는 말입니까?"

"못 할 이유는 또 뭔가? 이번에 잘못 걸리면 나도 자네도 아웃이야."

"그럼 어떻게 할까요?"

"일단 사직서 내! 자리가 비는 대로 바로 자네를 부름세."

"선배님!"

"어허, 내가 시키는 대로 하게."

한참 후, 박 교수가 물었다.

"선배님. 진짜 불러주실 거지요?"

"당연하지. 내 나중에 반드시 불러주지. 걱정하지 말게."

"그럼 제가 스스로 사직서를 내겠습니다."

박 교수의 목소리가 꺼끌꺼끌했다.

그걸 듣는 진 교수의 마음도 편하지 않았다.

"자네에게 희생을 강요하다니, 내가 할 말이 없구만."

"제가 선배님께 충성한 것 알고 계시죠?"

"그럼 알고말고. 나도 자네 아끼는 것 알지?"

"알다 뿐이겠습니까?"

박 교수가 물을 들이켜며 눈을 번뜩거렸다.

'내가 당신 비리를 얼마나 많이 알고 있는데, 안 부를 수 있겠어.'

진 교수도 머리를 두드리며 생각에 잠겼다.

'저놈이 나에 대해 아는 비리는 껍데기지. 어떻게 하면 비는 돈을 채우지? 저놈이 잘했으면 이런 고민할 이유가 없었는데. 젠장!'

문을 나서는 박 교수에게 진 교수가 말했다.

"박 교수, 조금만 참아. 내가 나중에, 나중에 다시 부를게."

to be continued